AU PÉRIL DE LA MER

Dominique Fortier

Au péril de la mer

Alto

Catalogage avant publication de Bibliothèque et Archives nationales du Québec et Bibliothèque et Archives Canada

Fortier, Dominique, 1972-

    Au péril de la mer

    ISBN 978-2-89694-225-1

    I. Titre.

PS8611.O773A9 2015   C843'.6   C2015-941157-2

PS9611.O773A9 2015

Les Éditions Alto remercient de leur soutien financier
le Conseil des arts du Canada et la Société de développement
des entreprises culturelles du Québec (SODEC).

Gouvernement du Québec – Programme de crédit d'impôt
pour l'édition de livres – Gestion SODEC.

Financé par le gouvernement du Canada
Funded by the government of Canada | Canadä

Illustration de la couverture :
Antonio del Pollaiuolo, *Portrait de jeune femme* (détail)

ISBN 978-2-89694-225-1

À Fred, à Zoé.

La première fois que je l'ai vu, j'avais treize ans, un âge dans les limbes entre l'enfance et l'adolescence, alors qu'on sait déjà qui l'on est mais qu'on ignore si on le deviendra jamais. Ce fut une sorte de coup de foudre. Je ne m'en rappelle pas grand-chose de précis hormis une certitude, signe d'un émerveillement si profond qu'il en ressemblait à de la stupeur : j'étais arrivée à un endroit que j'avais cherché sans le connaître, sans même savoir qu'il existait.

J'ai passé vingt-cinq ans sans le revoir. Quand le temps est venu d'y retourner, j'ai commencé par suggérer que nous n'y allions pas : nous avions peu de temps avant de rentrer à Paris ; on annonçait de la pluie ; il y aurait sans doute des hordes de touristes. En vérité, j'avais peur, comme chaque fois qu'on revient sur les lieux de son enfance, de les trouver diminués, ce qui signifie de deux choses l'une : ou bien ils ne nous étaient apparus grands que parce que nos yeux étaient petits, ou bien nous avions perdu en route la faculté d'être ébloui, deux constatations également accablantes. Mais il n'avait pas changé, et moi non plus.

Quel que soit l'angle sous lequel on le regarde, il est impossible de voir précisément où s'arrête le roc et où commence l'église. On dirait que c'est la montagne elle-même qui se resserre, se redresse et s'affine, sans intervention humaine, pour donner forme à l'abbaye. La pierre qui décide un matin de grimper vers le ciel et s'arrête mille ans plus tard. Mais il n'a pas toujours eu l'allure qu'on lui connaît aujourd'hui ; la silhouette familière qui fait l'objet d'innombrables photographies, coiffée de la flèche où danse l'archange, date du XIXe siècle seulement.

Avant le VIIe siècle, il n'y avait pas même de Mont-Saint-Michel ; l'îlot rocheux où se dresse aujourd'hui l'abbaye était connu sous le nom de « Mont-Tombe » – deux fois mont, donc, puisqu'il semblerait que ce *tombe* ne désigne pas une sépulture, mais une simple éminence.

Vers le VIe siècle, deux ermites vivaient sur ce Mont-Tombe, où ils avaient érigé deux petites chapelles, l'une dédiée à saint Étienne (le premier martyr chrétien), l'autre à saint Symphorien (à qui l'on doit cette phrase à la fois étrange et lumineuse, prononcée lors de son supplice : *le monde passe comme une ombre*). Leur existence se déroulait dans un isolement parfait, ils consacraient leurs jours à la prière et leurs nuits à de saintes visions. Ils vivaient avec rien : possédaient chacun une coule, un manteau et une couverture, un couteau pour deux. Quand ils étaient à court de nourriture, ils allumaient un feu de mousses et d'herbes humides. Depuis la berge, les habitants apercevaient la fumée et chargeaient un âne de victuailles. La bête prenait seule le chemin de l'îlot pour ravitailler les saints hommes, qui ne désiraient pas se souiller au contact de leurs semblables. Ils déchargeaient les provisions un peu à contrecœur, ils auraient bien voulu n'avoir besoin d'autre nourriture que leur foi. L'âne revenait par le même chemin, ses paniers vides claquant sur ses flancs, le pas léger dans le sable de la baie.

Une légende, ou une certaine variation de la légende, veut que l'âne ait un jour croisé le chemin d'un loup, qui l'a dévoré. À partir de ce jour-là, c'est le loup qui a porté à manger aux ermites.

◄○►

Pendant le premier été de ma fille, tous les matins nous partions en promenade. Après quelques minutes, elle s'endormait dans sa poussette, je m'arrêtais au parc Joyce ou au parc Pratt pour regarder les canards. C'était un moment de grand calme, souvent le seul de la journée. Je m'asseyais sur un banc à l'ombre d'un arbre, je sortais du sac de la poussette un petit Moleskine et un stylo-feutre, et je poursuivais comme en rêve cet homme vieux de plus de cinq siècles, qui vivait entre les pierres du Mont-Saint-Michel. À son histoire venaient se mêler les cris des canetons, le souffle du vent dans les deux ginkgos, mâle et femelle, la course des écureuils dans le grand catalpa aux feuilles larges comme des visages, les papillotements de paupières de ma fille livrée au sommeil. Je les jetais aussi pêle-mêle sur le papier parce qu'il me semblait que ces moments étaient d'une importance cruciale et qu'à moins de les consigner, ils m'échapperaient à tout jamais. Ce calepin était moitié roman et moitié carnet d'observations, aide-mémoire.

Souvent, le soir, je n'avais pas l'énergie de rentrer la poussette avant de me coucher. Une nuit, il y a eu un fort orage qui a tout détrempé. Au matin, le carnet avait doublé de volume et ressemblait à une éponge gorgée d'eau. Ses pages se gondolaient, la moitié des mots avaient disparu – pour être précise : le milieu, soit la moitié de droite des pages de gauche et la moitié de gauche des pages de droite. Le reste se lisait encore clairement, mais à mi-chemin les mots se brouillaient, pâlissaient, se délavaient, finissaient par disparaître. C'est peut-être comme cela, en mêlant leur encre, que mon histoire en est venue à se fondre dans celle du Mont. Maintenant, je ne saurais plus les dénouer.

Cette anecdote ressemble beaucoup à la scène finale du *Bon usage des étoiles,* où lady Jane renverse une tasse de thé sur les cartes géographiques qu'elle a mis des heures à dessiner et dont les couleurs se diluent sous ses yeux. Je n'y peux rien. Si je l'avais inventée, je l'aurais écrite autrement. Mais voilà, tous les jours les mots se noient dans la pluie, les larmes, le thé, les histoires se confondent, le passé et le présent s'emmêlent, les pierres et les arbres se parlent au-dessus de nos têtes.

Comment ces 2 hommes qui n'ont

jamais existé mais que j'essaie

d'inventer en mê temps

mt qu'ils habitent

feront-ils pour

rejoindre au bord

parc Pratt

je sais qu'ils

à écrire

J'ai rêvé cette nuit que l'abbaye

partait à la dérive sur une mer

de tempête, frôlant les

essuyant des vagues hautes comme

———◊———

En cet an de grâce 14**, le Mont se dressait au milieu de la baie ; en son centre s'élevait l'abbaye. Au milieu de celle-ci était nichée l'église abbatiale autour de son chœur. Au milieu du transept un homme était couché. Il y avait dans le cœur de cet homme un chagrin si profond que la baie ne suffisait pas à le contenir.

Il n'avait pas la foi, mais l'église ne lui en tenait pas rigueur. Il est des peines tellement grandes qu'elles vous dispensent de croire. Étendu sur les dalles, bras écartés, Éloi était lui-même une croix.

À certaines heures l'abbaye est silencieuse et les salles désertes. Entre matines et laudes, il descend une lumière bleue, le temps s'arrête pour reprendre son souffle. Cette heure n'est pas pour le commun des hommes, qui ronflent tranquillement : elle appartient aux malades, aux fous et aux amoureux. C'est l'heure où je me réveillais aux côtés d'Anna assoupie pour écouter sa respiration légère. Elle avait pour dormir les postures les plus improbables : bras repliés, jambes en croix, comme si le sommeil s'était amusé à la faire aussi poser pour moi en rêve. Par la croisée, je voyais le ciel bleu océan foncer encore. Quelques minutes plus tard il s'éclaircirait et la journée commencerait pour tout le monde, mais ce moment n'appartenait qu'à moi.

Je me réveille encore à cette heure indistincte entre nuit et jour, et plus d'un an après, je cherche toujours près de moi son corps endormi. Chaque fois il me faut quelques secondes avant que me rattrape ce simple fait : elle n'est plus. Je la perds à nouveau chaque matin, avant le lever du Soleil. On pourrait croire qu'une même douleur éprouvée chaque jour va en s'atténuant, comme la lame d'un couteau finit par s'émousser à force de trancher dans les chairs, mais ce n'est pas vrai. Chaque jour, je la perds pour la première fois. Elle n'en finit pas de mourir.

Je ne suis pas un homme de Dieu, je ne suis pas un homme de sciences. J'étais peintre et ne le suis plus. Le peu que je connais du monde, je le dois aux récits de plus savants que moi. Voici ce que je sais : j'aimais une femme et elle est morte.

Cette femme n'était pas la mienne. Elle était mariée à un autre, mais elle n'appartenait à personne. Elle avait des cheveux de jais et des yeux d'une couleur que je n'ai jamais vue ailleurs, ni avant ni depuis. Elle est aujourd'hui sous terre, rongée par les vers. Robert répond de mauvaise grâce aux interrogations que je lui fais sur le séjour des morts. Je voudrais croire comme lui qu'elle se trouve aux côtés de Dieu le Père en son royaume en compagnie des justes. J'ignore comment concilier ces deux idées. Se peut-il que le royaume de Dieu soit envahi par les vers et que chacun s'y promène à tâtons, défiguré, les orbites vides ? Ces questions me dépassent et j'essaie de ne point y penser, mais elles viennent me hanter en songe. Et puis on sonne laudes, les moines se lèvent et se rendent en une longue file à la chapelle où ils chantent l'arrivée du jour nouveau.

Elle était fille d'un très riche marchand, j'étais fils de rien.

Assez bon peintre, j'avais fait mon apprentissage dans un atelier où l'on m'avait d'abord confié le remplissage des paysages de fond sur lesquels d'autres, plus chevronnés, traçaient le portrait des fortunés et des puissants, et puis l'on m'avait à mon tour permis de faire leur ressemblance. Après quelques années, j'avais amassé une clientèle suffisante pour laisser l'atelier et recevoir les acheteurs chez moi. J'avais tôt compris l'avantage de donner aux bourgeois la noblesse qui faisait défaut à leurs visages. Ils se trouvaient plus beaux sur mes peintures que dans leurs glaces, blâmaient leurs glaces, revenaient me voir quand arrivait le temps de peindre leurs épouses ou leurs maîtresses.

Bientôt, j'avais acquis une certaine notoriété et il était devenu de bon ton pour les notables d'avoir une représentation de soi exécutée par Éloi Leroux. Je le dis sans vanité : la ville comptait peu de portraitistes, et aucun qui travaillait aussi vite que moi, de sorte que je ne manquais pas d'ouvrage. Depuis quelque temps je pouvais même me permettre d'en refuser. Parmi ce qu'on me proposait, je choisissais de préférence ce qui payait bien et avait une chance de m'amuser. J'avais depuis belle heurette cessé de peindre les notaires et les évêques dans leurs tristes robes. Pour le plaisir, je faisais plutôt des esquisses d'oiseaux – en plein vol, picorant, occupés à bâtir leur nid ou à nourrir leurs petits. J'aimais leurs couleurs, et le fait qu'ils ne tenaient pas en place. J'aimais surtout qu'ils soient absolument indifférents à ma présence. J'avais aussi commencé à dessiner des œufs, qui me reposaient du reste.

Si j'avais accepté cette semaine-là de faire le portrait d'une jeune fille à marier, c'était pour rendre service à un ami qui devait quelque faveur à la famille. J'avais tout de même pris la précaution de demander si elle était jolie.

«Je n'en sais rien, avait répondu l'ami. Mais je sais qu'elle est jeune.

— C'est déjà ça», avais-je répondu en m'imaginant l'une de ces pâles jouvencelles dont on faisait exécuter la ressemblance quand on avait résolu de les donner à un seigneur lointain et suspicieux qui demandait à voir avant de s'engager.

Le matin de la première séance, tandis que je passais la main sur un panneau de peuplier pour m'assurer qu'il n'y restait plus trace d'échardes ou d'éclisses,

15

je me préparais déjà à égaliser le teint rougeaud, à adoucir la courbe du menton ou à raccourcir le nez trop long quand elle était entrée, escortée d'une gouvernante. Du coin de l'œil, j'avais vu qu'elle était mince et brune, mais je ne m'étais pas retourné tout de suite, la laissant examiner le drap devant lequel elle devait s'asseoir, et qui représentait, sommairement dessiné, un chemin serpentant dans la campagne. Au cours des ans, j'avais remarqué ceci : les gens qui s'apprêtaient à se faire représenter en peinture éprouvaient presque toujours de l'embarras. Dans leur gêne ils trahissaient quelque chose qu'ils s'efforceraient ensuite de me cacher pendant les longues heures de pose, et qui faisait malgré eux partie de leur portrait. Ce malaise où ils se révélaient sans l'avoir voulu était comme le fond du tableau, invisible mais présent, et qui teintait le reste. Mais quand j'avais fini par me retourner, elle était appuyée sur le faudesteuil que j'avais sorti à son intention et elle me considérait calmement de ses yeux dont, aujourd'hui encore, je ne saurais pas nommer la couleur. De saisissement, j'avais laissé tomber la brosse que je tenais à la main et, dans un mouvement pour la rattraper, j'avais renversé un bol d'eau.

« Ne soyez pas nerveux. Tout ira très bien », avait-elle dit avec un léger sourire.

Ma vie en eût-elle dépendu, j'aurais été incapable à ce moment de dire si elle essayait sincèrement de me réconforter ou si elle se moquait de moi.

Le premier jour, je n'avais fait que l'ovale de son visage ; dessiné de face ; de trois-quarts ; baigné de la lumière de midi entrant à flots par la fenêtre ; de profil ; rideaux à demi tirés, à la lueur d'une bougie qui en laissait une part dans l'ombre.

Le deuxième jour, j'avais tracé la coiffure simple qui tirait en arrière ses boucles noires, esquissé son front haut et l'arc de ses sourcils sur sa peau blanche. Le troisième jour, j'avais passé la séance entière à l'observer et à examiner mon panneau de bois presque vierge encore, comme pour mesurer la distance qu'il y avait de l'un à l'autre. M'approchant d'elle, j'avais tendu la main pour replacer une mèche de cheveux, mais la gouvernante m'en avait empêché et avait elle-même remis la boucle folle derrière l'oreille tandis qu'Anna restait immobile à regarder droit devant elle. Le quatrième jour, je lui ai expliqué qu'il me faudrait au moins une semaine encore pour mener à bien le portrait. Prononçant ces paroles, je songeais : un mois, au bas mot un mois, deux peut-être.

«Tu sais que tu ne seras pas payé davantage», m'a rappelé mon ami, venu à la demande de la famille voir comment avançait le portrait.

Il semblait légèrement inquiet de la tournure que prenaient les événements. J'avais claqué la langue pour signifier que cela n'avait aucune importance.

Elle arrivait tous les jours au milieu de la matinée et restait jusqu'à ce que la lumière commence à décliner dans l'atelier. Tout ce temps, elle demeurait assise, aussi immobile qu'une statue, une ombre de sourire aux lèvres et dans les yeux. Elle m'observait avec une curiosité tranquille, sans faire de questions. Les premiers jours, je ne parlais pas non plus, et l'on n'entendait dans la pièce que le frottement de la brosse sur le panneau en bois et le souffle de la gouvernante, qui respirait fort.

Quand elle partait, je restais assis devant son tableau inachevé, incapable de me séparer d'elle. L'idée que dans quelques jours elle cesserait de venir à mon atelier m'était devenue intolérable, aussi incongrue que si on m'avait annoncé que dorénavant je devrais vivre sans Soleil ou sans mes mains. Je trouvais du réconfort auprès du tableau, qui lui était une sorte de petite sœur imparfaite. Mais du portrait aussi il me faudrait me séparer.

Un soir, j'ai posé un second chevalet à côté de celui qui portait le tableau en chantier. Sur ce second chevalet, j'ai mis un panneau de chêne plus petit que le premier, qui avait sous les doigts la douceur d'une joue de femme. Dans la pénombre, j'ai commencé d'y peindre une seconde Anna, pour moitié le portrait du portrait et pour moitié le fruit de mon imagination.

Le visage faisait un masque pâle, entouré de ses cheveux dénoués flottant en vagues sombres. Les lèvres à peine entrouvertes (avais-je seulement jamais vu ses dents ?) dessinaient une moue que je lui avais inventée, entre le sourire et la malice. Pour les yeux, j'avais mêlé mes poudres les plus précieuses jusqu'à obtenir une pâte épaisse et presque sans couleur, que j'avais, faute de mieux, étendue sur de la feuille d'argent dont on devinait encore l'éclat sourd sous le liant à l'œuf.

Les deux portraits avançaient à peu près au même rythme ; au contraire de Pénélope qui, pendant la nuit, défaisait le travail accompli durant la journée, je me servais de celui-ci comme d'un guide pour mener à bien mon véritable ouvrage, à quoi je consacrais les heures du coucher jusqu'au lever du Soleil. Je m'endormais, rompu de fatigue, aux premières lueurs de l'aube. Avant l'arrivée d'Anna, j'avais soin de cacher les traces de ce portrait de nuit mais, un matin, mon épuisement a eu raison de moi. Je me suis abattu tout habillé sur un tas de couvertures que j'avais jetées dans un coin et j'ai rêvé de dunes peu à peu gagnées par la mer.

Quand je me suis réveillé, elle était debout face au deuxième portrait. En les voyant ainsi côte à côte, ma première pensée a été que ma peinture n'était pas à la hauteur, et mon cœur s'est serré. Mais aussitôt j'ai su que je ne la reverrais plus, et ce serrement dans ma poitrine est devenu un poing.

Tandis que je me levais et que je tentais de mettre de l'ordre dans mes vêtements et mes cheveux pour me donner une contenance, elle s'est retournée vers moi et a annoncé de son timbre clair, en désignant le plus petit des deux tableaux :

« C'est celui-là que je veux. »

J'ai trouvé le courage de lui répondre, d'une voix rauque :

« Je doute qu'il plaise à votre futur époux », mais, avant de franchir mes lèvres, ces mots de *futur époux* ont fait dans ma gorge des boules d'épines.

Dès ce jour-là, nous nous sommes mis à avoir de laborieuses conversations triangulaires, la gouvernante nous servant de truchement comme si nous ne parlions pas la même langue.

« C'est la première fois que l'on fait votre portrait ? » avais-je demandé platement.

Elle n'avait pas répondu, sinon par un haussement d'épaule, une seule, presque imperceptible. La dame en noir avait pris la parole.

« De grands peintres ont déjà fait des ressemblances de mademoiselle, des noms que vous n'ignorez pas, sans doute, tels que… »

Hautaine, elle avait énuméré certains des pinceaux les plus célèbres du comté.

« Le premier portrait a été fait alors que mademoiselle avait tout juste un an. Il est si parfait que monsieur son père a longtemps refusé de s'en séparer et qu'il l'emportait avec lui quand il partait en voyage. Plusieurs autres ont été réalisés au fil des ans. Le dernier date de l'été dernier.

— Et il doit être très réussi aussi, à n'en point douter. Mais, dans ce cas, dites-moi, pourquoi avoir fait appel à mes services cette fois-ci ? »

La gouvernante avait ouvert la bouche pour la refermer aussitôt, comme si elle s'avisait à l'instant qu'elle n'avait pas la réponse à la question. Elle avait décoché un bref regard à Anna.

« Mademoiselle avait déjà vu de mes portraits, peut-être ? » avais-je risqué, l'orgueil ayant eu raison de moi.

La gouvernante avait hoché du menton pour signifier que c'était une hypothèse acceptable.

Quelques mois plus tard, alors qu'elle était couchée à mes côtés, les cheveux en bataille, et que je suivais du pouce la ligne de sa mâchoire, Anna me dirait, une ombre rose sur ses joues de lys :

« Je n'avais jamais vu de tes portraits, mais je t'avais vu, toi. »

J'aurais dû être insulté, peut-être ; mais je me suis réjoui de cet aveu comme un enfant.

———◦———

J'ai été réveillé cette nuit par une clarté sur mes paupières. J'ai ouvert les yeux : la Lune était presque pleine derrière un voile de nuages, une lumière blanche tombait en travers de mon visage. J'ai regardé autour de moi les moines livrés au sommeil. Ils avaient gagné leurs couches dès après complies et s'étaient endormis aussitôt comme des pierres. Un ronflement s'est élevé, sonore, régulier. À l'autre bout de la pièce, quelqu'un a gémi doucement. Souffrait-il en rêve ou bien tentait-il de se donner du plaisir, je l'ignore, et comment il se fait que les hommes n'ont qu'un bruit pour jouir et pour pleurer.

Certains avaient leur propre cellule, mais je dormais dans la même salle qu'une sizaine d'autres. J'ai songé à des abeilles dans une ruche, et puis me suis rappelé ce que m'a déjà dit Robert de la règle qu'ils ont fait le serment de suivre : les moines ne doivent rien posséder en propre. Pas même dans le sommeil. Pourtant les abeilles n'ont-elles pas chacune leur alvéole ? Je ne sais plus.

Il faisait assez clair pour distinguer les contours de la pièce et les formes endormies, mais le monde avait perdu ses couleurs. La nuit, il n'existe plus que le noir, le blanc et d'épuisantes nuances de gris. Je dois le savoir depuis longtemps, pourtant j'ai eu l'impression de m'en rendre compte pour la première fois. Comment se fait-il que les yeux perdent tout à coup la capacité de discerner les couleurs ? Ou bien est-ce que ce sont les couleurs elles-mêmes qui s'enfuient pour ne revenir qu'à l'aube ? Ce que je sais, c'est qu'il n'est pas de nuit plus noire que le deuil.

Sans allumer ma lampe, je me suis levé en silence et j'ai trouvé mon chemin en frissonnant jusqu'à l'église abbatiale. Le chantier était désert. J'apercevais ici et là des masses de pierre semblables à de grandes bêtes assoupies. Les murs s'arrêtaient à mi-hauteur, mais ces parois trouées étaient déjà vertigineuses. On aurait dit que Robert avait juré que son église toucherait aux cieux. N'est-ce pas pour cela qu'elle s'est effondrée la première fois? J'ai avancé prudemment entre les piliers et les blocs de pierre. Le ciel d'avant l'aube prenait une pâleur de lait. Des poussières blanches aussi nombreuses qu'à certains soirs les étoiles tourbillonnaient, disparaissaient dès qu'elles avaient touché le sol. J'ai étendu la paume : une minuscule piqûre froide. Il neigeait dans l'église.

Le premier sanctuaire dédié à saint Michel a été aménagé en 708 à même le roc du Mont-Tombe, à la manière de celui du mont Gargan, dont il s'inspirait. Avant cela, il n'y avait rien, qu'un trou dans le crâne d'un évêque.

Notre-Dame-sous-Terre a en effet été construite sur les ordres d'un saint homme à la tête percée pour répondre à l'injonction d'un archange, et cela sur le conseil d'un taureau – raison pour laquelle, sans doute, on appellera plus tard le corps de l'abbaye la Merveille.

L'histoire va comme suit : Aubert, très sage et très pieux évêque d'Avranches, reçut en rêve la visite de l'archange Michel, qui lui ordonna de lui bâtir un sanctuaire. Oublieux ou distrait, en tout cas pas suffisamment empressé, le saint homme n'obtempéra pas sur-le-champ. L'ange en sa mansuétude lui fit une deuxième visite, puis une troisième. Cette fois-là, pour bien se faire entendre, il posa son doigt de feu sur la tempe du dormeur, creusant dans l'os un trou que l'on peut admirer encore aujourd'hui, car le crâne d'Aubert repose, ainsi que son trou, à la basilique Saint-Gervais d'Avranches.

L'évêque envoya donc quelques clercs au mont Gargan, en Italie, d'où ils revinrent avec un morceau du manteau écarlate de Michel ainsi qu'un fragment de l'autel où il s'était posé et où l'on voit encore la trace de son céleste pied. Ces précieuses reliques firent bientôt sentir leur effet. Une aveugle du hameau d'Astériac, à quelques lieues du Mont, recouvra soudainement la vue. On raconte qu'elle s'écria : «Comme il fait beau voir!» Le village changea de nom et porte encore aujourd'hui celui de Beauvoir.

Aubert choisit donc d'ériger le sanctuaire sur l'îlot du Mont-Tombe, désert depuis le départ des deux ermites au siècle précédent. On y emmena un taureau, animal fruste mais puissant, que l'on l'attacha à un piquet en décrétant que l'abbaye s'élèverait là où la bête aurait foulé l'herbe de son sabot ancien. Hésitant encore sur les dimensions à donner au sanctuaire, l'évêque reçut un nouveau signe : la rosée pendant la nuit recouvrit le sommet du mont, à l'exception d'un endroit demeuré sec. De forme circulaire, il pouvait accueillir une centaine de personnes. C'est là que sera finalement construite Notre-Dame-sous-Terre.

L'on fit ensuite venir un brave homme des alentours afin que, avec l'aide de ses douze fils, il jette les fondations du sanctuaire. Peine perdue : ils se révélèrent incapables d'accomplir la tâche qu'on leur avait confiée. Il fallut faire emmener un nouveau-né afin que de son pied innocent il ouvrît le roc pour que puisse commencer la construction – nouvelle preuve, s'il en était besoin, que celui qui peut le plus peut le moins, et qu'il n'est parfois de force plus grande que la faiblesse.

Ici finit la légende et commence l'histoire. Mais l'histoire de la construction (il vaudrait sans doute mieux dire : des constructions) des bâtiments du Mont-Saint-Michel est pleine de trous, de conjectures et de suppositions. On a beau compulser les ouvrages les mieux documentés, étudier des plans exécutés à différentes époques, annoter le tout, ou même scruter les petites maquettes exposées sur place, on n'arrive à se faire une idée exacte ni de l'ordre dans lequel se sont effectués ces travaux ni de l'apparence du Mont à aucun de ces moments.

Certaines choses semblent cependant à peu près sûres : l'édification de l'église abbatiale débuta vers 1017 et dura une soixantaine d'années. Le roc étant trop dur pour être entamé ou aplani, on construisit autour, et la montagne continue toujours d'affleurer en maints endroits. Cela contribue sans doute au vertige qui nous prend quand on essaie de s'y retrouver dans le dédale (réel ou sur papier) qu'est le Mont-Saint-Michel : le fait que l'abbaye est bâtie non pas au sommet d'une montagne, mais autour. (Là où devrait se trouver le cœur, il y a le vide, c'est-à-dire le plein, c'est-à-dire le roc.) Toujours est-il que l'intérieur ne ressemble en rien à ce que laisse présager l'extérieur, et que le tracé des plans ne permet d'appréhender ni l'un ni l'autre. D'une certaine façon, cette abbaye est indicible.

Aujourd'hui, quelles que soient les maquettes ou les représentations qu'on étudie, il est à peu près impossible de s'orienter dans cette enfilade de pièces plus ou moins carrées et plus ou moins superposées ; on a l'impression de se trouver face à un jeu de serpents et échelles où l'on avance de deux cases pour mieux reculer de quatre, ou encore devant l'un de ces dessins d'Escher dans lesquels, au terme d'une série d'escaliers qui semblaient monter, on se retrouve inexplicablement revenu à son point de départ. Cela est peut-être dû au fait que la construction s'est étalée sur la moitié d'un millénaire, en pièces détachées, pour ainsi dire, sous la houlette de plusieurs maîtres d'œuvre dont chacun disposait d'une science et de moyens différents de ceux de son prédécesseur – le gothique dressé sur le roman posé sur le carolingien enraciné sur le roc. Sans compter qu'au cours des ans les effondrements ont succédé aux incendies, et qu'une pièce construite en 1100 a pu être partiellement détruite cent ans après, restaurée, modifiée de nouveau cinquante ans puis deux siècles plus tard.

Ne pouvant étendre les bâtiments sur une grande surface, au fil des ans on continua donc de bâtir en hauteur. Au milieu du XIIe siècle, l'abbé Robert de Torigni entreprit de nouveaux travaux qui changèrent le visage du Mont : il fit notamment aménager deux cachots, et un nouveau logement, assez modeste, qui lui était destiné, de même qu'une nouvelle hostellerie plus vaste pour y recevoir les pèlerins qui affluaient au sanctuaire. Il ordonna aussi l'érection de deux tours flanquant l'église. La première abritait une grande partie des quelque quatre cents volumes que comprenait la bibliothèque de l'abbaye, à l'époque surnommée la Cité des livres. Un nombre considérable de ces ouvrages fut perdu lorsque la tour s'effondra une dizaine d'années après son édification. La seconde s'écroula en 1776.

En 1228, on acheva la construction d'un double bâtiment de trois étages, où étaient superposées les trois salles à manger (aumônerie, salle des hôtes, réfectoire) destinées respectivement aux pauvres pèlerins, aux riches invités et aux moines. Les pièces situées à l'ouest répondaient à un semblable ordonnancement : au pied le cellier, réservé aux besoins du corps, au centre le scriptorium, dédié au travail de l'esprit, au sommet le cloître, lieu de prière, jardin de l'âme.

Au XVe siècle, les abbés s'affairèrent à fortifier le Mont-Saint-Michel afin de le défendre contre les assauts des Anglais qui avaient pris la province entière, y compris Tombelaine, l'îlot voisin. Le Mont fut protégé par une garnison de quelque deux cents hommes d'armes qu'y envoya Charles VI. Mais, privé des revenus que lui apportaient les abbayes d'outre-Manche qui lui étaient rattachées, le Mont-Saint-Michel se trouva bientôt à court de ressources : qu'à cela ne tienne, on fondit alors calices et ostensoirs afin de battre monnaie pour payer les soldats.

En 1421 ou en 1423, c'est le chœur de l'église qui s'effondra. Il faudra un siècle pour le reconstruire dans le plus pur style gothique flamboyant. Pour ce faire, on aménagea d'abord la salle de gros piliers (au nombre de dix), racines massives qui soutenaient l'ensemble aérien se déployant au-dessus, appuyé sur une forêt d'arcs-boutants extérieurs. Pour chaque trouée de lumière, un arc en pierre : deux constructions, chacune le miroir de l'autre.

Au fond, le Mont-Saint-Michel n'abrite pas une abbaye, mais une dizaine, ou même plus, certaines disparues, des abbayes fantômes dont le bâtiment actuel continue de porter l'empreinte comme en creux, d'autres constructions modifiées au fil des siècles, le tout abouché et ajointé tant bien que mal. Murs éventrés, voûtes écroulées, plafonds incendiés, tours rasées, passages comblés, escaliers condamnés, clochers abattus, reconstruits, tombés en ruines ; semblable à un manuscrit dix fois gratté et qui porterait des bribes d'histoires, des traces de griffures et des caractères illisibles, le Mont-Saint-Michel est un immense palimpseste de pierre.

L'abbaye compte quatre jardins : l'hortulus, potager où poussent les légumes de consommation courante, l'herbularius, où l'on cultive les simples et les plantes médicinales, le jardin de roses – et la bibliothèque.

Ce matin, j'ai croisé au potager le frère Clément, un homme mince au teint pâle et aux yeux d'un bleu si délavé qu'ils en paraissent presque blancs. Il était occupé à couper des herbes qu'il déposait ensuite proprement, en petits bouquets, dans un panier d'osier. Un chat le suivait, quelques pas derrière.

Il m'a salué d'un hochement de menton sans s'arrêter de travailler et j'ai contemplé le jardin. Ce potager au milieu du ciel, au milieu de la mer, m'a rappelé ce conte que m'avait déjà fait Anna au sujet de l'ancienne Babylone, ville aux jardins suspendus où poussaient des fruits dorés et des fleurs qui ne s'ouvraient qu'à la lune pleine.

On raconte que ce frère Clément est un peu simple d'esprit. De Dieu, il aimerait surtout la création et, de la création, les plantes les plus humbles. Ses prières ont pour noms *joubarbe, millepertuis, haricot*. Il chante peut-être faux, mais il plante droit. Les caissons de bois du potager s'alignent, bien nets, chacun renfermant deux ou trois espèces qui se plaisent ensemble. Il paraît capable de reconnaître les plantes au toucher, quand ce n'est pas uniquement au goût ou à l'odeur. Robert dit qu'il sait d'instinct où semer les graines qu'il reçoit de moines qui les rapportent de voyages ou de pèlerins qui les lui présentent en offrande, et devine sans coup férir quelle pousse a grand besoin d'eau et quelle autre se plaira en plein soleil. Les offices ont l'air de lui être une sorte de petit supplice ; il tend le visage vers la porte tandis que résonnent les paroles saintes, grattant doucement la terre sous ses ongles. Une fois l'*ite missa est* prononcé, il est le premier à sauter sur ses pieds, sort précipitamment retrouver ses gousses et ses cosses.

Accoudé aux remparts, j'aperçois les moines en contrebas. À force de vivre entre ces vieilles pierres, ils se sont mis à leur ressembler : la plupart ont les mains sèches, la peau grise, les yeux froids. L'abbaye a pendant des siècles abrité l'une des bibliothèques les plus importantes du continent et un scriptorium où l'on venait traduire le grec et l'arabe, mais aujourd'hui elle n'est plus que l'ombre d'elle-même. C'est Robert qui fait ce triste constat. Le savoir s'est perdu, l'amour du travail, celui des livres – peut-être à rebours : d'abord on avait cessé d'aimer les livres, puis le travail n'avait plus vraiment intéressé personne, et le savoir avait disparu. Les copistes rendaient les ouvrages rapidement, à traits grossiers, comme on exécute une tâche sans joie. Les livres avaient cessé d'être un trésor.

Ainsi vus de haut, les moines se ressemblent tous avec leur coule marron, le halo pâle de la tonsure au sommet du crâne. Ils sont petits et interchangeables. Est-ce ainsi que Dieu voit les hommes ? Dieu, ou un oiseau ? Si j'arrive à reconnaître chacun, c'est à leur ombre couchée à leurs pieds et dont je peux suivre les mouvements alors que ceux des hommes m'échappent, curieux renversement. Cette ombre à laquelle chacun est attaché tel un chien à son maître m'apparaît tout à coup comme une sorte de présage funeste. C'est la mort qui est là, couchée à nos pieds sous le soleil de midi et qui attend, patiente, que nous ayons nous aussi rejoint la terre.

Les hommes font la guerre, ils entreprennent des pèlerinages, ils labourent la terre et construisent des cathédrales, chacun de leurs gestes repris par le jumeau silencieux. Tout ce temps, moines, soldats, princes et lépreux ne se rendent pas compte qu'ils ne font rien que danser avec leur mort.

———◇———

J'ai demandé à voir l'ossuaire, où le frère Maximilien m'a conduit. Après avoir descendu plusieurs volées de marches dont les dernières étaient sculptées à même le roc, il fallait pousser un lourd battant de bois qui s'est refermé derrière nous comme la porte d'un tombeau. La salle plongée dans l'obscurité sentait l'humidité, la mousse et le champignon. Il n'y avait d'autre lumière que la lueur de nos chandelles, que faisait trembler un courant d'air venu de je ne sais où, un cercle de clarté jaune illuminant doigts et visages et qui fonçait peu à peu – or, cuivre, bronze – en gagnant les murs, jusqu'à devenir noir de suie.

Sur les tablettes en pierre reposaient des dizaines de crânes proprement empilés, comme des navets qui passent l'hiver dans un caveau. Des humérus, des tibias et des fémurs étaient déposés plus bas en fagots. J'ai ressenti en les examinant une impression à la fois étrange et familière, comme lorsqu'on plonge son regard dans celui d'un chat. Mais on ne fréquente pas les morts sans en payer le prix une fois de retour chez les vifs. Je ne peux plus maintenant voir un vieillard sans deviner sous la peau les os, le creux des yeux et le trou du nez.

Les saintes reliques sont gardées ailleurs. Ces ossements-ci n'avaient rien d'extraordinaire. Ils appartenaient tous à des hommes, puisque les villageois et les villageoises sont enterrés plus bas, dans le minuscule cimetière. Examinant les crânes de plus près, j'en ai toutefois remarqué quelques-uns qui étaient nettement plus petits. Les moinillons dormaient du même sommeil que les autres.

À mon arrivée, j'ai passé les premières journées allongé, ne me levant deux fois par jour que pour manger et faire mes besoins, accomplissant les deux activités avec la même indifférence. Après une semaine, Robert est venu me voir. Ce devait être la fin de la matinée. Sexte n'avait pas encore sonné.

Il m'a dit, de ce ton tranquille et ferme qui est le sien :

« J'aimerais que tu assistes aux offices.

— Pourquoi ? »

Ce que je voulais dire, c'était : À quoi bon.

« Parce qu'il est bien que les journées soient rythmées par les heures saintes, même pour ceux qui n'ont pas fait vœu de se consacrer à Dieu. »

Comme je ne répondais pas, il a repris, d'une voix où perçait à peine la moquerie :

« Et parce que j'ai bien peur que bientôt on ne puisse plus te lever de ta couche et que je n'ai aucune envie de te transporter comme un enfant. »

Ces moines célèbrent Dieu sept fois par jour – dont une fois pendant la nuit noire. Robert a insisté pour que j'assiste à au moins deux de ces offices, tâche dont je m'acquitte depuis.

Ces mois-ci, on dit les messes dans l'ancienne église sous terre. À l'effondrement du chœur de l'abbatiale, il y a de cela quelque trente ans, les moines ont simplement fait élever un mur dans l'arche entre le transept et le chœur, pour continuer d'y dire la messe. Il a fallu des mois pour déblayer les débris, évaluer les dommages, consolider la structure afin d'éviter de nouveaux écroulements ; des années pour dresser les plans, rassembler les fonds nécessaires aux travaux, choisir le maître d'œuvre. Pendant ce temps, le chœur a été recouvert de lattes en bois formant un toit temporaire, mais il demeurait vulnérable aux éléments. Aujourd'hui encore, il n'est pas rare qu'il y pleuve. Des oiseaux y ont fait leur nid, d'autres vermines aussi, sans doute, parmi les poutres et les étais. On a aménagé sous le chœur une salle où s'élèvent de gros piliers qui doivent servir à supporter la structure qui s'élèvera plus haute et plus majestueuse que jamais, si on doit en croire Robert. Les travaux de reconstruction proprement dits ont été entamés peu après, et les moines ont transporté leurs offices sous terre le temps qu'on ait mené à bien le plus gros de l'ouvrage. Une vingtaine d'ouvriers s'affairent maintenant sur le chantier du matin au soir, mais on ne pourrait deviner leur présence dans le reste de l'abbaye. La plupart logent au village, certains depuis des années. Lorsque j'ai demandé à Robert quand la nouvelle église serait finie, il m'a répondu, avec cet air qui fait qu'il ne semble jamais prendre tout à fait au sérieux ses propres paroles :

« Jamais. »

Entre les pierres de Notre-Dame-sous-Terre, il ne reste plus aujourd'hui qu'une quinzaine de moines au milieu des colonnes massives dans l'immense salle faite pour en accueillir cinq fois plus. Leurs voix s'élèvent, monocordes et tremblantes entre les murs. On dirait qu'ils savent qu'ils s'apprêtent à disparaître eux aussi, à rendre le roc à sa solitude. Mais il y a tout de même dans leurs chants une beauté douloureuse – ou peut-être est-ce moi qui ne peux plus rien entendre de beau sans en éprouver aussitôt de la souffrance.

Au milieu de l'office ce matin, le chat gris a traversé la nef d'un pas léger. J'ai sursauté en l'apercevant. Le frère Maximilien, assis à mes côtés, a perçu mon mouvement. Il a tourné la tête et, voyant l'animal, s'est signé en faisant la grimace.

« La bête au frère Clément », a-t-il chuchoté à mon intention.

C'était la première fois qu'il m'adressait la parole. Je ne sais pourquoi, parmi tous ces moines silencieux, je m'étais figuré que celui-là était muet. Je devais pourtant l'avoir déjà entendu chanter, mais à ce moment les voix se confondent pour n'en former plus qu'une, multiple et indistincte. Comme s'il avait surpris ses paroles, le chat a tourné vers nous sa petite tête et il s'est assis. Le moine a fait un geste pour le chasser, l'animal l'a ignoré.

« D'où vient-il ? » ai-je demandé.

Le frère Maximilien a haussé les épaules avant de répondre, dans un murmure dédaigneux :

« Mais je n'en sais rien. Probablement de prendre en chasse quelque vermine. »

J'ai souri, et je me suis repris :

« Pas le chat, le frère Clément. D'où vient-il ? »

Le frère Maximilien a reniflé.

« Personne ne sait. Il est arrivé un matin avec cette mauvaise bête, il a demandé à se faire frère convers et il a passé près d'une année à nettoyer les écuries et à nourrir les poules, s'acquittant de sa tâche sans un mot... Et puis on a découvert par hasard qu'il savait lire et écrire, et converser en latin avec autant d'aisance que s'il avait appris cette langue au berceau. À mon avis, ce genre de cachotteries n'augure rien de bon. Pourquoi un lettré voudrait-il passer ses journées à panser des chevaux – ou à faire pousser des laitues ? »

Il s'est interrompu pour s'assurer que j'étais de son avis et vérifier qu'on ne nous fustigeait pas du regard, puis il a repris, toujours à mi-voix :

« Enfin, comme l'abbaye a des servants à ne plus savoir qu'en faire et bien peu de moines lettrés, on l'a promu sans lui demander son avis. Il ne semble pas en avoir, du reste, sur la plupart des questions, et il faut bien dire que, depuis que le jardin lui a été confié, l'ordinaire de la table s'est plutôt amélioré. »

Cette dernière concession avait l'air de lui coûter considérablement. De nouveau, il a tenté de chasser le chat, cette fois en y allant d'un sifflement qui a fait se retourner quatre têtes. Il a baissé le nez tandis que l'animal se levait tranquillement, projetant une ombre de tigre sur le mur.

Certains moines, surtout parmi les plus jeunes, sont aussi minces que des roseaux, mais il y en a quelques-uns de ronds comme des barriques, et comment cela se peut-il, compte tenu du régime frugal auquel ils sont soumis, cela est un mystère.

À midi, nous avons un bout de pain à tremper dans un gobelet de vin, une pomme, un morceau de fromage ou une poignée de haricots. Au repas du soir, nous avons de nouveau un ragoût de fèves et de légumes, du vin souvent coupé d'eau, le reste du pain. Pourtant, certains ont la chair aussi grasse et molle que des femmes gavées de fruits confits. Peut-être la faute n'en revient-elle pas aux mets qu'ils ingurgitent sans plaisir, mais aux hagiographies qu'ils absorbent en même temps que leur nourriture : une cuillérée de lentillons, une bonne action ; une lampée de vin, un psaume. Ils ont la panse gonflée de paroles édifiantes, de suppliciés offerts en pâture à l'heure des repas.

Le récit des plus hautes actions se mêle à des bruits de manducation et à des rots à demi réprimés. Sans doute a-t-on voulu, en imposant ces lectures, nourrir les âmes en même temps que les corps, mais je ne peux m'empêcher de songer qu'on a aussi voulu rappeler aux moines leur statut de simples mortels ; ils ne sont pas, eux, de ces saints dont on chante les louanges, mais des hommes de chair, humbles mangeurs de fèves et faiseurs de vents.

Je n'avais pas pensé à m'enquérir pendant notre voyage de la place qu'occupe Robert au Mont et ne m'en suis guère soucié les premières semaines, passées dans un brouillard qui commence à peine à se dissiper. Les rares fois où je me rendais au réfectoire, tantôt il mangeait à une des longues tables où s'asseyaient la plupart des frères, tantôt il prenait part en compagnie de quelques autres à une tablée plus petite, installée sur une manière d'estrade peu élevée. Les moines lui témoignaient certes du respect et de la déférence, mais je croyais que c'était surtout dû à son érudition et à son autorité naturelle. Il en avait toujours été ainsi ; même quand nous étions enfants, il semblait notre aîné.

Hier seulement, j'ai songé à lui demander, maladroitement, j'en conviens :

« Es-tu le maître de cette abbaye ?

— Elle a Dieu pour seul maître. »

Robert me fait ce genre de reparties depuis l'enfance. C'est sa façon de répondre aux questions en n'y répondant pas ; ou, plutôt, de ne pas y répondre en y répondant. Il y a longtemps que j'ai cessé de m'en formaliser. J'ai plutôt appris à rétorquer à mon tour par une question plus précise, à laquelle il ne peut se dérober.

Je me suis donc repris :

« Tu en as la charge ?

— Cette charge est partagée entre les moines, chacun a son rôle et sa tâche. »

Longtemps j'ai cru qu'il faisait cela non pas exactement par désir de me prendre en défaut, mais en tout cas parce qu'il jugeait mes interrogations futiles. J'ai fini par comprendre qu'il n'agissait pas ainsi uniquement avec moi, et que s'il le faisait, c'était au contraire parce qu'il prenait soin de ne jamais présumer des intentions de celui avec qui il s'entretenait. Cela était parfois irritant, souvent fatigant, mais j'étais ainsi amené à préciser ma pensée d'une façon telle que je n'y aurais pas songé, et parfois même à concevoir des idées différentes de celles que j'avais tenté d'énoncer au départ.

«Tu en es l'abbé?» ai-je repris.

Habituellement, j'arrivais en trois tentatives à avoir la réponse que je cherchais.

«Non. Il a pour nom Guillaume d'Estouteville et habite à Rome. J'ai simplement la responsabilité de la gestion quotidienne de l'abbaye.»

Cela dit sans emphase, sur le ton de la constatation.

Robert n'étant point gourmand, il ne fait cuisiner que lorsqu'il a des hôtes de marque, ou les vicaires ou les procureurs de l'abbé lui-même, lequel n'a encore jamais visité ce sanctuaire dont il a la charge. Le reste du temps, il se contente du même ragoût que les autres, et d'un peu moins de vin. Quant à moi, je dîne tantôt à sa table, quand il n'y a pas de visiteurs importants, tantôt aux côtés des moines silencieux.

Il règne dans le réfectoire une lumière diffuse qu'on dirait émaner des murs. Où que l'on soit assis, on n'aperçoit jamais plus qu'une ou deux des hautes fenêtres étroites et profondément encastrées dans les murailles qui laissent filtrer un jour égal. Les moines y sont tous différents sous la tonsure et la robe de bure, mais comme ils n'enlèvent jamais ni l'une ni l'autre, ils m'apparaissent ici aussi comme tous semblables, autant de variations d'un seul individu : un ensemble de croquis montrant toujours le même homme, mais sous différents angles, dans diverses lumières, à plusieurs âges de sa vie.

J'en ai fait la remarque à Robert, qui m'a répondu :

«Ils ont les yeux tournés vers le ciel et les pieds dans la poussière. Leur ventre se trouve juste entre les deux.»

Et lui-même a levé les yeux au ciel, comme pour y demander pardon ou prendre quelqu'un à témoin.

J'aime à penser qu'au fil des siècles les églises successives ont été construites sur le Mont par une même lignée. De père en fils ils étaient bâtisseurs de cathédrale – toujours la même, à jamais inachevée, qui n'en finissait pas de grandir, de brûler, de pousser encore plus haut, défiante, monumentale et fragile.

Le premier de la famille, avant d'être tailleur de pierre, avait été berger. Il connaissait la baie comme personne pour l'avoir arpentée par tous les temps au milieu de son troupeau bêlant. Il en savait les ruses et les chausse-trappes, la vase capable d'avaler un homme et sa monture, la marée qui avance au grand galop, le brouillard qui s'abat comme tombe la nuit. La baie lui avait appris la prudence, mais c'étaient les moutons qui lui avaient enseigné l'art de mettre le pied là où il faut. Leur présence lui manquait encore, leur chaude puanteur et leurs prunelles bleues à force d'être noires. Il y pensait quand il était à la veille de s'endormir et voyait tournoyer des étincelles sous ses paupières.

En travaillant suspendu entre ciel et terre, le second avait découvert qu'il aimait les hommes surtout vus de loin. Dès qu'il redescendait, leurs menues laideurs lui sautaient aux yeux. Mais, de son perchoir, il avait le loisir de les imaginer comme il les aurait souhaités. C'est pour ces hommes-là, petits et sans visage, qu'il bâtissait une église en plein ciel.

Il y avait ensuite eu quelques générations d'artisans médiocres, capables de copier ce qu'avaient fait leurs prédécesseurs sans rien en retrancher et rien y ajouter de neuf. Dans certains cas, comme les choses mortes sont plus lisses que les vivantes, leurs imitations étaient même plus plaisantes à l'œil que l'original. Et puis il y eut un ouvrier d'un talent prodigieux, disparu si jeune qu'il ne reste aujourd'hui qu'une seule pierre pour témoigner de son génie. L'abbaye tout entière dût-elle s'écrouler, celle-ci restera intacte. Il lui naquit après sa mort un fils qui n'avait ni le goût des hauteurs ni l'amour de la pierre. Celui-là se fit pêcheur et mourut à son tour dans la fleur de l'âge sans avoir produit de garçon. Sa fille, en revanche, apprit dès l'enfance à manier le ciseau et le marteau. On doit à cette orpheline certaines des frises les plus délicates de l'abbaye et le profil de quelques anges.

Elle eut un fils qui vécut jusqu'à cent ans et travailla jusqu'à son dernier jour. Voûté et blanchi, il continua de sculpter la pierre longtemps après avoir perdu la vue. Les doigts ne deviennent pas aveugles. Il avait pour les hommes la bonté qu'on manifeste aux jeunes enfants : distraite, patiente et lasse. Il reste de lui des colonnettes parfaitement rondes et des forêts de feuilles finement ciselées.

Son fils à lui apprit en observant ses gestes, mais surtout en regardant les nuages. S'il bâtissait avec de la pierre, c'était qu'il n'avait pas trouvé comment tailler des blocs de ciel. Mais en vérité, il ne bâtissait pas avec de la pierre, il construisait entre les pierres. Sous la croix aux bras écartés comme la vergue d'un mât de misaine, les pierres ne servaient qu'à encadrer l'essentiel : la lumière, qui déferlait en vagues dorées dans la nef, à la fois église et navire.

Les hasards de l'histoire et les divagations de la langue française ont fait en sorte que l'on prononce aujourd'hui la même chose que l'on veuille dire qu'on a la foi ou que l'on veuille nommer l'instrument de supplice sur lequel Jésus a trouvé la mort. Je crois/une croix.

Croire vient cependant de la même racine que *cœur* (*credo,* de l'indo-européen *kred,* est lié à *cor, cordis*), alors que *croix* est de la famille du cirque, ou de la courbe (*crux : circus, curvus*). La croix est un gibet, mais aussi, potentiellement, une chose qui tourne – le svastika, croix dénaturée et pervertie, serait selon certains inspirée d'une représentation du Soleil en mouvement. *Crois* et *croix* (un cœur/un cercle solaire ; un centre/une périphérie ; un dedans/un dehors) semblent quasi à l'opposé l'un de l'autre, mais ce sont les mêmes consonnes qui roulent dans la bouche, les mêmes voyelles qui se déploient. Aujourd'hui, par métonymie, la foi chrétienne, dont la croix est le symbole au même titre que le Credo en est l'expression la plus épurée, est souvent désignée par ce simple mot de *croix*. Les deux *crois/x* en sont venus à se superposer et à s'amalgamer jusqu'à ne plus faire qu'un.

Le Credo est, je crois bien, la seule prière qu'on nous ait fait apprendre par cœur au collège Jésus-Marie où, par ailleurs, nous assistions quelques fois par année à une messe célébrée à la chapelle de l'école. Celles qui le voulaient se levaient pour aller communier, je restais assise. Le curé, toujours le même, était un quadragénaire corpulent et ventru. Quand il parlait, une salive épaisse s'accumulait aux commissures de ses lèvres, qui donnait aux paroles de l'Évangile une consistance pâteuse.

La chapelle elle-même était une pièce toute neuve, meublée de bois blond et dénuée de mystère. L'ancien collège avait brûlé corps et biens quelques années plus tôt et les vieilles pierres, les parquets grinçants, les hautes fenêtres du XIXe siècle avaient été remplacés par un bâtiment en béton dont l'architecture rappelait celle des polyvalentes.

Ce Credo était l'une des rares choses, la seule, peut-être, que nous récitions en chœur, d'un ton monocorde, nos cent voix mêlées. Mes parents l'avaient récité aussi, quelque quarante ans plus tôt (à l'époque ils devaient faire des neuvaines, assister à la messe tous les matins du mois de mai, que sais-je encore), et leurs parents avant eux (à ce moment-là, on disait carrément le chapelet en famille, autour du poste de radio). Dans la chapelle blanche qui sentait encore le bois frais, j'étais parfaitement coupée de cela ; cette prière leur avait appartenu puis ils l'avaient abandonnée, mais elle n'avait jamais été à moi.

Le mot *fides* désignait chez les Romains un concept différent de ce qu'on nomme aujourd'hui *foi,* et qui n'avait rien à voir avec la croyance. Le concept se rapprochait de ce que l'on associe aujourd'hui à la *bonne foi* ; il avait à voir avec l'honnêteté, l'intégrité, le caractère fiable d'une personne, notamment en tant que partie à une entente ou à un contrat. Cette notion était si importante que Fides avait été faite déesse par Numa Pompilius. Cette Fides qui nous a donné *foi* ne désignait pas le fait de croire, mais la vertu dans laquelle on croyait : l'objet plutôt que l'action. Je me rends compte en écrivant ceci que je ne suis pas si loin de ces anciens Romains : je n'ai jamais eu foi en Dieu, mais je crois très fort à la foi.

Ce n'est sans doute pas par hasard que l'on emploie maintenant le même mot pour parler de celui qui embrasse une religion et de celui qui, dans un mariage ou une union, reste constant et ne va pas chercher à aimer ailleurs : fidèle. Dans les deux cas, foi et confiance entrent à parts égales.

Plus que des maisons de pierre et de bois, nous habitons d'abord des cabanes de mots, tremblantes et pleines de jours. On dit *je t'aime* pour se réchauffer ; on dit *orange*, et l'on sent ses doigts ; on dit *il pleut* pour le plaisir de rester à l'intérieur, pelotonné près de la lumière du mot *livre*. (*Livre,* qui vient de *liber* : la partie vivante de l'écorce d'un arbre, mais aussi *liberté*.)

Bien sûr le monde est là, les choses existent, mais on peut toujours les changer ou les faire disparaître en un claquement de doigts ; en disant *je ne t'aime plus.* Ou *je crois.*

Lorsqu'il m'a retrouvé, Robert m'a expliqué avoir entendu parler de ce qui m'était arrivé grâce à la divine Providence. Je ne lui ai pas dit que je donnais plutôt à cela le nom de hasard. Comme trop souvent, nous parlions de la même chose et parlions d'une chose toute différente, comme si nous vivions dans deux mondes distincts, qui ne se rejoignent qu'en apparence. Il était en tout cas de passage à Paris pour rencontrer un clerc de l'université et chercher une poignée d'ouvrages dont certains devaient être rendus à la bibliothèque du Mont et dont il avait espoir de faire copier quelques autres.

Parmi ceux-ci, il ne se trouvait rien de rare ni de très précieux ; depuis près de deux siècles, la bibliothèque et le scriptorium de l'abbaye sont quasi déserts. N'y besognent plus qu'une poignée de moines dont un a la main tremblante et un second les prunelles si voilées qu'il lui arrive de prendre un mot pour un autre et, plutôt que de recopier la sagesse des anciens, il invente des folies nouvelles qu'il couche sur le papier pour les siècles à venir. Il arrive encore qu'on vienne de quelque université ou monastère lointains consulter des ouvrages conservés au Mont-Saint-Michel et remarquables par leur rareté ou l'excellence de leur exécution, mais ces livres immanquablement ont été faits il y a plus d'un siècle. Cela, il me l'a raconté par bribes, soir après soir, quand nous avions fini de marcher et que nous nous asseyions devant le feu. Peut-être voulait-il que je sache à quoi m'attendre lorsque nous arriverions ; peut-être avait-il simplement besoin de se redire à lui-même l'histoire de son abbaye.

Un jour il m'avait avoué :

« J'ai quelquefois l'impression d'être l'intendant d'un monument dont on vient admirer les ruines, ou le gardien d'une ménagerie qui n'aurait plus à montrer qu'une paire de lièvres, une douzaine de rats, un renard empaillé et le portrait d'un basilic. »

Je n'avais su que répondre.

Il avait redressé les épaules et repris, comme s'il voulait m'en convaincre :

« Et pourtant, la bibliothèque est encore vivante. Elle est notre mémoire à tous, sans quoi nous redevenons semblables à des enfants marchant à tâtons dans les ténèbres. »

J'avais acquiescé distraitement. J'étais moi-même à peine vivant. Je ne voulais que dormir.

En ville, il avait arpenté les rues en demandant après moi. Quand venait le temps de me décrire, il parlait d'un homme brun, mince, les yeux bleus, de taille moyenne. En vérité, il y avait si longtemps qu'il ne m'avait vu qu'il ne savait plus à quoi je ressemblais. Pourtant, en apercevant un ivrogne titubant dans l'embrasure d'une porte, il dit m'avoir tout de suite reconnu. Et je l'avais reconnu aussi ; mais j'ai cru que je rêvais et j'ai battu des bras pour tenter de chasser la vision. Et puis je me suis laissé faire.

Nous nous sommes mis en route le jour même, et nous avons marché près d'une semaine sans presque échanger une parole.

Un soir, nous avons fait halte dans une auberge de bord de route. La salle commune était pleine, et Robert a prié qu'on nous apporte à manger dans la chambre à l'étage. Je me suis assis sur le lit, étonné de sa mollesse. Robert, qui avait demandé une plume et de l'encre, s'est mis à griffonner quelque correspondance. La pointe de la plume sur le parchemin faisait un grattement d'insecte. La lumière baissait dans la pièce. Dehors, on entendait hennir les chevaux des voyageurs, et le cocorico enroué d'un coq saluant l'arrivée du soir.

On nous a apporté un bouillon, du pain, une poule rôtie, une omelette et une potée de légumes que nous avons mangés en silence. À un certain moment, Robert m'a regardé et il m'a dit :

« Il n'y a pas d'autre secret que de rester debout et de continuer à marcher. »

J'ai écouté ces paroles avec une sorte de stupeur, suçant un os, puis mes doigts graisseux. Par la fenêtre, dans le jour déclinant, je voyais une partie de la cour, au-delà les arbres, un bout de chemin qui grimpait la colline et se perdait dans les champs baignés d'ombres. J'ai penché la tête de côté et une bulle dans le verre inégal a fait gauchir les branches du platane devant la fenêtre, fines et noires comme des pattes d'araignée. Les murs de l'écurie se sont mis à ondoyer jusqu'au toit qu'on aurait dit sur le point de s'écrouler. Bas dans le ciel, la Lune ressemblait à un morceau d'étoffe chiffonné. Tout cela m'a donné une légère nausée, à moins que ce ne soit la nourriture trop abondante. J'ai fermé les yeux, inspiré profondément, expiré, j'ai rouvert les paupières. En vain. Le monde était toujours là.

Le plus souvent, nous dormions dans des chenils ou des étables, à la tiédeur des bêtes. Les paysans à qui l'on demandait la permission d'y passer la nuit nous offraient leur lit, mais Robert refusait chaque fois, assurant que si Notre-Seigneur avait choisi le bœuf et l'âne pour se réchauffer, leur compagnie était certainement assez bonne pour nous, humbles voyageurs. À cela, les fermiers ne savaient que répondre : en silence ils allaient chercher des couvertures, préparaient deux paillasses à même la litière des animaux puis quittaient leur propre grange en chuchotant, comme s'ils sortaient d'une église.

Mais il arrivait parfois que la nuit tombe alors qu'il n'y avait nul village en vue, ni la moindre ferme. Robert s'écartait alors de la route pour trouver une ravine peu profonde ou un carré de trèfles. Il faisait du feu, étendait son manteau par terre puis s'y enroulait de son mieux, tandis que je restais assis à regarder les flammes jusque tard dans la nuit. Je finissais par sombrer dans le sommeil sans m'en rendre compte et je me réveillais à l'aube, tremblant. Robert dormait encore, enveloppé dans sa coule, le feu n'était plus que braises et tisons noircis.

——◄○►——

Une nuit, toutefois, je me suis réveillé en sursaut. Devant moi se dressaient trois hommes en haillons, le visage mangé par la barbe, la bouche fendue jusqu'aux oreilles. À eux trois, ils auraient eu suffisamment de dents pour faire un sourire. À la lueur du feu, leur peau huileuse avait des reflets de pomme orange.

Celui qui était le plus proche tenait un court poignard. Tendant la paume, il a dit :

« Donne. »

J'ai répondu :

« Je n'ai pas d'argent », ajoutant sans y croire : « Nous sommes de pauvres pèlerins. »

L'un de ses acolytes a donné un coup de pied dans les côtes de Robert, qui a ouvert les paupières. Il s'est redressé, m'a regardé avec une expression indéchiffrable. Il n'y avait là ni peur ni surprise, quelque chose comme de la déception, peut-être, ou de la résignation.

« Celui-là est un moine ! » s'est exclamé l'homme qui m'avait réveillé, et il a éclaté d'un rire gras.

Mais le second, le plus petit, m'a tassé d'un geste et s'est approché pour examiner Robert.

« C'est vrai, mon père, vous êtes moine ? a-t-il demandé avec une nuance de respect dans la voix.

— C'est vrai.

— Qu'est-ce que ça fait ? s'est impatienté le premier. Allons, donne », a-t-il répété en approchant sa lame de mon cou.

Celui-là était presque complètement édenté, et l'un de ses yeux se fermait quand il parlait. Je me suis souvenu, dans une autre vie, d'avoir déjà peint un démon avec une physionomie semblable. Un nez plus pointu, peut-être, et un air plus malin. Instinctivement, j'ai baissé les yeux à la recherche de sabots, mais l'homme était chaussé de guenilles. Le dernier avait un air absolument quelconque, si ce n'est qu'il portait une mauvaise cotte de mailles par-dessus ses lambeaux et qu'il tenait une hache à la main.

« Le père peut nous pardonner nos péchés, a repris le petit, et ses deux compagnons se sont immobilisés, étonnés.

— Oui ? » a demandé le premier, dont la lame voisinait toujours ma gorge.

Tour à tour ils se sont agenouillés devant Robert et ont débité une litanie qui aurait pu être comique si ce n'avait été de la lame du premier, de la hache du second et du gourdin du troisième.

J'ai tué un homme

volé une poule

partagé le lit de ma sœur

menti à ma mère

dit le nom des saints en vain

coupé de la farine avec de la chaux

couché avec une chèvre

mangé de la viande le vendredi

éborgné un chien

tranché la queue d'un chat

braconné sur les terres du seigneur

mis le feu à la grange du voisin

trompé, foimenti, volé, brigandé, larciné, filouté, chapardé, détroussé, escouvé, saccagé, haussebecqué, maraudé, pillé

Mon père, pardonnez-moi.

Au-dessus des trois têtes grouillantes de poux, Robert a tracé le signe de croix. Deux des hommes ont voulu se relever quand le troisième a demandé :

« Vous ne pouvez pas nous pardonner le reste aussi ?

— Le reste?

— Les péchés que nous n'avons pas encore commis?»

Les deux autres se sont regardés, pétrifiés d'admiration. J'ai entendu s'élever un rire bref et il m'a fallu une seconde pour comprendre qu'il venait de moi. Les trois larrons m'ont regardé d'un air noir. J'ai toussoté en prenant garde de rester parfaitement immobile.

Le plus petit des trois a repris, d'une voix unie:

«Comme d'avoir tué un moine et son compagnon.»

Le silence est retombé. La nuit a cessé un instant de respirer. Sans se démonter, Robert leur a donné l'absolution. Les trois hommes se sont relevés, ont secoué la tête comme s'ils sortaient de l'eau. Ils ont hésité un instant, avant de tourner les talons.

Et puis, je le jure, quand ils ont été à une dizaine de pas, Robert les a rappelés.

«Hep!»

Je lui ai saisi le bras et j'ai serré. Il souriait doucement.

«Vous avez oublié ceci.»

Il leur a jeté sa bougette en cuir où tintaient les pièces. Le plus grand, qui était armé d'un gourdin, s'est élancé, mais il a été retenu par les deux autres. Celui qui portait une hache a brandi le poing et a crié quelque chose. Ils ont bientôt disparu parmi les ombres. Les genoux tremblants, je suis allé récupérer la bourse tandis que Robert attisait le feu puis s'enroulait à nouveau dans son manteau.

Les bruits de la nuit semblaient revenir un à un: les feuilles bruissaient dans la brise, des insectes invisibles stridulaient, quelque part un arbre craquait. Au-dessus de nos têtes, les étoiles faisaient dans le ciel une coulée farineuse.

Le reste de notre voyage s'est passé sans plus d'aventures. Il nous a fallu pour gagner le Mont trois semaines et six jours. J'ai appris par la suite que Robert ne se déplaçait habituellement qu'en voiture ou, à la rigueur, à cheval. J'ai souri en songeant que je l'avais forcé à faire une sorte de pèlerinage, et puis j'ai réfléchi que c'était peut-être lui qui avait eu besoin de ce long voyage à pied.

Nous sommes arrivés au Mont par un jour de brouillard. La baie tout entière était enveloppée d'un nuage blanc qui s'est levé quand nous avons eu presque atteint l'abbaye. Elle s'est dévoilée d'un coup, comme surgie de l'eau.

Malgré mon épuisement et la faim qui me tenaillait, j'en ai eu le souffle coupé. À ce moment, j'ai compris en un éclair comment il aurait fallu peindre les yeux d'Anna : raser cette abbaye pour en broyer les pierres jusqu'à la dernière, arracher une à une les écailles d'argent au dos des poissons, ouvrir de force les huîtres pour en racler la nacre, vider les yeux des oiseaux habitués de voir le ciel d'en haut, mêler tout cela à l'eau de la mer et à la pluie des nuages au-dessus de la baie, attendre qu'un rayon de soleil vienne y boire, le tuer.

Robert a ralenti le pas et regardé lui aussi le roc qui devenait église pour grimper vers le ciel.

Près de lui, je m'étais arrêté.

Il avait la bouche entrouverte, les yeux brillants. Il devait ressembler à cela, vingt ans plus tôt, quand il était arrivé au Mont pour la toute première fois. Il a murmuré pour lui-même :

« *Dieu dit : Qu'il y ait une étendue entre les eaux, et qu'elle sépare les eaux d'avec les eaux.*

Et Dieu fit l'étendue, et il sépara les eaux qui sont au-dessous de l'étendue d'avec les eaux qui sont au-dessus de l'étendue.

Dieu appela l'étendue ciel. »

Il venait une nouvelle fois d'assister au deuxième jour de la Création.

Il s'est retourné vers moi, mais je ne regardais plus la massive construction de pierre perchée sur ses contreforts ; je contemplais son reflet tremblant dans l'eau de la baie. Écrasé par cette grandeur terrible, je m'étais réfugié dans l'abbaye que dessinait le soleil sur le sable. Je préférais l'image à son modèle, l'ombre à la pierre.

Tous les jours nous marchons, ma fille et moi, dans les rues désertes d'Outremont livré à l'été. Lumière dorée et poussiéreuse, arbres immobiles, le mont Royal se dessine tout proche, on n'entend pas ses oiseaux.

Nous ne savons pas encore si nous resterons ici ou si nous irons nous établir (pour de bon ? sinon, combien de temps ?) à Boston, de sorte que j'ai l'impression que nous sommes déjà parties mais jamais arrivées, un sentiment de flottement qui ne me quitte pas, même dans mon sommeil. Je cherche un endroit où nous poser, nous reposer, toutes les deux.

Nous nous arrêtons un instant pour lancer du pain aux canards. Les bébés grandissent à vue d'œil, déjà ils sont presque aussi gros que la mère, bientôt les mâles prendront leurs couleurs, et puis aux premiers froids ils s'en iront. Je me demande si ce sont les mêmes qui reviennent chaque année ; si, comme les saumons, ils se souviennent de l'endroit où ils ont vu le jour. Ma fille est née à trois coins de rue d'ici, au quatrième étage du bloc 9 de l'hôpital Sainte-Justine, au début de l'hiver, une semaine avant Noël.

À la fin de l'été, nous sommes sur la côte du Maine. Les vagues viennent rouler sur la plage en faisant culbuter cailloux et coquilles de palourdes qui s'entrechoquent doucement comme des dés qu'on secoue au creux de la main.

Dans les marais, des flaques de ciel reflété, de la même teinte que la mer au loin, chuchotante. Y flottent trois canards, deux outardes, un nuage. Le vent du large a des odeurs de sel et de varech, le parfum de calcaire des coquillages venus du fond des âges. Un héron tout en pattes et en bec reste un long moment immobile dans le marais, de l'eau jusqu'aux genoux, avant de plonger à la vitesse de l'éclair et de piquer son reflet. À grandes foulées réfléchies, il s'enfonce dans des doigts de mer de plus en plus étroits, parmi les roseaux et les flaques de nuages.

À la nuit tombée, on n'entend plus que le murmure des vagues et le chant métallique des grenouilles dans l'obscurité. Tout à côté, invisible de la route comme de la plage, se trouve un cimetière auquel on accède par une brèche dans une clôture : une dizaine de stèles bancales, effacées par les ans, les passagers d'un navire parti pour Boston au mois de juillet 1807 et ayant fait naufrage non loin de la côte. Parmi eux, Lydia Carver, une jeune fille qui se rendait dans la grande ville acheter son trousseau en vue de son mariage prochain, et dont le spectre hante encore ces terres que possédait sa famille.

Mon temps autrefois m'appartenait entièrement, et aux livres. Aujourd'hui, chaque minute consacrée à lire ou à écrire est une minute que je ne passe pas avec ma fille ; l'écriture s'accompagne désormais d'une hâte et d'une culpabilité détestables. C'est du temps que je lui dérobe, que je ne retrouverai pas, que j'aurais dû lui consacrer et que je n'aurai jamais passé avec elle. Depuis sa naissance, je me prends à penser au futur antérieur et au conditionnel passé, des temps compliqués qui sont le signe qu'on considère les choses sous un point de vue autre que celui depuis lequel on parle normalement : demain vu comme passé, hier comme possibilité.

Elle dort. Je devrais profiter de ce moment pour écrire, je n'arrive qu'à m'abîmer dans le bruit des vagues. Je voudrais m'étendre sur le sable, rester là jusqu'à la nuit, me laisser emporter par la marée.

L'abbaye immense est par endroits surpeuplée. Ces moines ayant fait vœu de silence, exilés sur un rocher au milieu de la mer, sont plusieurs jours par mois assaillis par des foules telles qu'on se croirait en pleine Cour des miracles. Et comme en ville, il y a chez les pèlerins qui affluent au Mont des coquillards, des malingreux, des mercadiers et des filous de toutes sortes. Si l'aumônerie suffit à peine à loger les pauvres gens venus prier l'archange, la salle des hôtes est vide un jour sur deux : les riches n'ont pas tant de raisons de prier, ou alors ils aiment mieux le faire tranquilles chez eux. Ces nuées qui arrivent et repartent font autour du Mont comme une deuxième marée, fantasque, bruyante et pouilleuse. Les entrailles de l'abbaye grouillent de monde, mais les moines s'efforcent d'ignorer les foules qui les distraient de la prière et de la contemplation. Peut-être le silence n'est-il jamais plus grand qu'au milieu de la clameur.

L'abbé résidant à Rome, les appartements qui lui sont destinés restent presque en tout temps glaciaux et inoccupés. Robert ne s'en sert pas. Mais les vastes pièces accueillent depuis hier l'un de ses deux vicaires, ses invités et son aide, pour un séjour d'une quinzaine. Depuis trois jours, on s'active dans les cuisines à rôtir des cochonnets et à modeler des pâtes d'amande dont ce vicaire Thibaud est, paraît-il, particulièrement friand. Ce goût d'enfant m'a étonné ; mais en m'approchant de lui pour la première fois, j'ai constaté qu'il dégageait lui-même un léger parfum de vanille. C'est un bel homme, les traits un peu fatigués, vêtu d'une robe somptueuse, qui nous attendait assis près du feu. Les murs de la pièce où nous nous trouvions, de dimensions modestes, étaient ornés de fleurs de lys et de motifs colorés qui rappelaient les enluminures de certains manuscrits que m'a montrés Robert, comme si l'abbaye était elle-même un gigantesque livre.

« Monseigneur, a dit Robert quand nous sommes entrés, voici mon cousin dont je vous ai parlé. »

Le vicaire a levé les yeux de l'écrin de nacre qu'il était en train d'examiner et a paru surpris de nous découvrir là. Il a levé la main d'un geste distrait et gracieux.

« Bien sûr, votre cousin. » Il a marqué une pause presque imperceptible avant d'ajouter avec assurance :

« Antoine.

— Éloi, a corrigé doucement Robert.

— Éloi, oui. » Puis, choisissant d'ignorer mes chausses portant des traces de boue et ma barbe longue, non sans avoir d'abord jeté aux unes et à l'autre un regard à peine appuyé :

« On me dit que vous êtes un fameux sculpteur. »

Robert ne m'a pas laissé le temps de répondre.

« Sauf votre respect, Éloi est peintre, mon père.

— Un peintre ? Quel dommage. Alors que nous avons si grand besoin de quelqu'un pour s'attaquer à nos pauvres frises. Mais, a-t-il poursuivi, vous qui savez manier le pinceau, vous pouvez sans doute aussi apprendre à vous servir d'un marteau, n'est-il pas vrai ? »

Je me suis incliné sans un mot.

Et puis, considérant probablement que les politesses avaient assez duré, il a entrepris d'interroger Robert sur son voyage. Celui-ci lui en a fait un récit succinct, en omettant la plupart de nos mésaventures, et notamment cette nuit où nous avions tous les deux failli être occis.

«Et que nous rapportez-vous?» a finalement demandé le vicaire.

Son ton m'a rappelé celui du seigneur dont le père de Robert était l'intendant lorsqu'il s'informait de ce que son cuisinier avait trouvé au marché.

Robert a défait son paquet en silence, et en a sorti deux ouvrages reliés de cuir. Le premier, petit et noir, était mince et d'allure élimée. Le vicaire en a flatté la couverture avant de la soulever. Découvrant à l'intérieur une série de calculs, il n'a pu dissimuler une moue.

«C'est un traité d'algèbre très célèbre, mon père, a dit Robert.

— Certes», a répondu le vicaire en tendant l'autre main.

Robert y a déposé le second volume, un livre large comme deux paumes dont la couverture ne portait nulle indication. Curieux, Thibaud l'a ouvert au milieu, a lu quelques lignes à voix basse, les a répétées plus fort, en fronçant les sourcils.

«J'ai un chapeau merveilleux, dit Aïmer, fait de la peau d'un poisson marin, et qui rend invisible...»

Il a levé les yeux vers Robert, que ces paroles avaient fait sourire. Et moi aussi je souriais, en m'imaginant ce chapeau en peau de poisson sur la tête du très sérieux vicaire. J'espérais qu'il allait lire la suite.

«Peut-être avez-vous ouï parler de cette geste, a dit Robert. Elle n'est point aussi célèbre que la *Chanson de Roland,* mais appartient à la même famille. Elle a pour nom *Le Pèlerinage de Charlemagne à Jérusalem et Constantinople.*

— La *Chanson de Roland* narrait la véridique et héroïque bataille de Roncevaux, l'a interrompu le vicaire. Oserez-vous prétendre que notre très estimable empereur en pèlerinage vers la Terre sainte n'avait rien de mieux à faire que d'écouter des gaberies pareilles ! Un chapeau en poisson qui rend invisible !

— Non, sans doute. Cette chanson n'est point réputée dire la vérité : elle livre un conte, une fantaisie.

— Et c'est cette fantaisie que vous rapportez pour la ranger aux côtés des Saintes Écritures dans notre bibliothèque ?

— Avec le traité de mathématiques, mon père. »

Le vicaire tenait toujours les deux livres dans ses paumes ouvertes, comme s'il était lui-même une balance chargée d'en estimer le poids relatif. Il les a posés tous les deux devant lui d'un geste brusque.

« Allons, bonsoir », a-t-il dit pour nous signifier notre congé, et nous sommes partis en nous inclinant.

Quand nous sommes sortis de la chambre, j'ai remarqué :

« Tu ne lui as pas tout montré. »

Robert a haussé les sourcils, écarté les bras et ouvert les mains comme pour faire voir qu'elles étaient bien vides. Un sourire flottait sur ses lèvres.

« T'est-il jamais arrivé de trouver un dessin si extra-ordinaire que tu aurais été incapable de le partager avec qui que ce soit ? m'a-t-il demandé.

— Un dessin, non. »

Mais son modèle.

« Certaines choses sont faites pour être exposées, partagées avec le plus grand nombre. Il est des livres qui sont des lampes ou des phares, et leur lumière permet de guider les hommes dans les ténèbres de ce monde.

— Et celui-là ?

— Celui-là n'est pas une lampe, c'est un incendie qui menacerait d'embraser des royaumes entiers. »

Je me souvenais de l'ouvrage : c'était un petit livre usé aux coins arrondis, probablement relié en cuir de veau, qui dégageait une légère odeur de moisi. Je ne l'avais plus revu depuis notre arrivée à l'abbaye. J'ai tourné les yeux vers Robert, mais celui-ci ne me regardait plus. Il souriait encore pour lui-même, comme si le feu de ce livre mystérieux brûlait quelque part derrière ses prunelles.

Dans le cloître, les moines déambulaient en silence. En tournant le regard vers l'intérieur, on voyait un jardin soigneusement aménagé, d'un vert tendre de laitue. Dehors s'étendaient la baie, puis la mer, le ciel. J'avais ce jour-là comme les autres l'impression d'être à la fois à l'intérieur et à l'extérieur, comme s'il s'agissait d'un espace qui n'appartenait pas tout à fait à l'abbaye mais déjà un peu aux nuages. J'éprouvais toujours un certain vertige à y marcher.

« Qu'y a-t-il dans ce livre ? » ai-je demandé à Robert, qui marchait à mes côtés.

Il s'est assuré que personne n'était à proximité avant de s'arrêter. Il a sorti l'ouvrage de sa coule, l'a ouvert, a tourné lentement les pages. J'ai voulu lui rappeler que ces caractères n'ont pas de sens pour moi, mais il s'est arrêté rapidement à une image où l'on voyait plusieurs sphères de différentes tailles.

«La même chose que dans beaucoup d'autres, tu vois, m'a dit Robert. Le Soleil, la Terre, la Lune, les planètes et les étoiles.»

Plissant les yeux, j'ai étudié le dessin. Quoique précis, il était exécuté sans recherche, d'un trait assuré mais comme hâtif.

La plus grande sphère figurait le Soleil, cela était évident. Elle se trouvait au milieu. Les plus petites semblaient disposées autour sans ordre précis. Parmi elles, quelconque et excentrée : la Terre. J'ai levé les yeux vers Robert.

«Cela ne peut être vrai», ai-je dit.

Il m'a souri.

«Et en cela tu dis comme plusieurs, et non des moindres : comme Aristote, comme Ptolémée, qui dans sa *Grande Syntaxe* a montré la place de la Terre au centre des cieux, comme Théon d'Alexandrie...»

Il s'était remis à marcher. Devant nos yeux défilaient les écoinçons. J'ai remarqué distraitement que chacun présentait un feuillage différent. Ce cloître est une forêt où ne poussent pas deux arbres semblables.

«Je ne connais pas le premier ni le dernier de ceux-là, ai-je répondu gauchement, mais je sais bien que je ne bouge pas, ni cette abbaye, et que la cuiller que je pose sur ma table ne risque pas de s'envoler comme elle le ferait si vraiment la Terre tournait autour du Soleil.

— Et tu ne dis rien de ce que notre très bon et très sage vicaire ferait valoir si par malheur il apercevait ce livre, c'est-à-dire que la Bible établit que, depuis le début des temps, c'est le Soleil qui tourne autour de la Terre.»

J'étais soulagé de constater qu'il voyait lui-même ce que le dessin avait d'impossible et de fautif.

«Mais alors à quoi sert ce livre, ai-je poursuivi, s'il ne s'y trouve que des mensonges?

— D'abord, nous ne savons pas si ce sont bien des mensonges. Nous savons que nous ne comprenons pas comment ce pourraient être des vérités, ce qui en dit beaucoup sur nous, peu sur cet ouvrage et encore moins sur le monde. Il a été écrit il y a plus de mille cinq cents ans, par un savant du nom d'Aristarque de Samos. Il n'en reste probablement pas plus de deux ou trois exemplaires sur la terre entière. Une poignée d'hommes l'ont lu; certains d'entre eux l'ont peut-être jeté au feu après – d'autres l'ont sans doute brûlé *plutôt* que de le lire. Mais il ne nous appartient pas de brûler les livres, nous sommes là pour les protéger, comme on sauverait les dernières créatures menacées par une crue des eaux, fussent-ils méchants.»

Je n'étais pas convaincu. J'avais certes reconnu l'allusion à Noé, mais je me disais qu'on n'aurait peut-être pas perdu grand-chose s'il n'avait pas jugé bon d'emmener avec lui les serpents et les araignées.

«Pourquoi aussi les méchants? ai-je demandé.

— Et qui es-tu pour décider?» m'a-t-il répondu. Puis, comme s'il admettait lui-même que ce n'était pas une véritable réponse, il a ajouté: «Parce que pour être capable de lire les bons il faut parfois avoir lu ceux qu'on dit méchants. Les livres se parlent entre eux avant de nous parler à nous.»

Robert a poursuivi son chemin tandis que je restais là, songeur. Ce n'est qu'à ce moment que j'ai compris d'où me venait mon vertige. Ce n'était pas de marcher à mi-ciel au-dessus des eaux, c'était de l'enfilement des colonnettes plantées régulièrement en quinconce, de sorte que c'est elles qui semblaient avancer tandis que je restais immobile.

Cloître, du latin *claustrum,* qui signifie «enceinte».

Depuis toujours les mots *femme enceinte* me semblent étranges. Petite, j'ai longtemps entendu «femme en ceinte», comme *en voyage, en colère,* ou *en pantalon,* bref un état passager qui serait, en termes grammaticaux, de l'ordre de la qualification plus que de la détermination. Les choses ne se sont pas améliorées quand j'ai voulu vérifier ce que signifiait le mot. Selon le Trésor de la langue française, le verbe *enceindre* désigne le fait d'«entourer, contenir dans certaines limites». Or, à l'évidence, la femme enceinte n'est pas entourée ni contenue, c'est en fait le contraire : elle est elle-même le contenant.

J'ai fini par résoudre la difficulté le jour où j'ai compris que le mot *enceinte* ne devait pas être entendu comme un adjectif, mais comme un substantif. Une femme-enceinte, c'est une femme qui est non pas enceinte en quelque chose, mais qui forme elle-même une enceinte. Une femme-cloître.

Lorsque nous sommes allés passer les premières échographies, en nous remettant le papier soyeux où se dessinait le profil de ma fille – front bombé, nez retroussé, petits doigts fantomatiques –, on nous a prévenus d'en faire des photos. Au bout de quelques années, semblerait-il, les images fixées sur le papier se dissolvent, c'est affaire d'encre, je crois. Alors nous avons pris les photos en photo.

Nous en avons maintenant une copie numérique stockée sur l'ordinateur, mais elle ne me semble pas plus durable que la poudre mal fixée sur le papier trop glissant. Dans les deux cas, il y a quelque chose d'insaisissable.

Tout le monde sait que la lumière des étoiles lointaines continue de nous parvenir longtemps après qu'elles sont mortes. Mais on ne pense jamais aux étoiles tout juste nées. Si on aperçoit toujours le scintillement des astres disparus, il y a des soleils dont on ne voit pas encore la lumière et qui pourtant sont là, flamboyants au milieu des ténèbres, parfaitement invisibles.

Une fois qu'ils ont pu contempler les saintes reliques, la plupart des visiteurs de quelque importance demandent, ne serait-ce que par politesse, à voir la bibliothèque. Robert ou le frère Louis leur montrent la même douzaine d'ouvrages, réalisés il y a trois ou quatre siècles. Sur le parchemin, les rouges brunissent comme du sang séché, les bleus s'estompent, les verts tournent au gris, mais on loue tout de même. Quelques-uns cherchent en outre à rendre visite au crâne d'Aubert, faveur qu'on n'accorde, avec parcimonie, qu'aux plus illustres des hôtes. Il n'était jamais encore arrivé que quelqu'un demande à voir non seulement les jardins, mais le jardinier.

« On en parle depuis fort loin. Je suis curieux de les découvrir », a dit au déjeuner le frère Adelphe qui, arrivé avec le vicaire Thibaud qu'il a pour mission de conseiller en je ne sais quelle matière, doit repartir dans quelques jours.

Le vicaire et le frère Louis ont semblé pareillement étonnés. Qui pouvait donc, dans une abbaye telle que celle-ci, vouloir sentir les fleurs plutôt que d'y étudier les textes ?

« J'aimerais, si vous le permettez, m'entretenir quelques instants avec le responsable de l'herbularius et celui du potager, a poursuivi Adelphe.

— Le potager et le jardin de simples sont tous deux sous la responsabilité du frère Clément, si je ne m'abuse», a répondu avec hésitation Thibaud, semblant redouter qu'Adelphe, souhaitant faire la conversation, ne se retrouve face à un olibrius couvert de saleté occupé à secouer un plant de carottes.

D'un hochement de tête, Robert a confirmé.

«Je vous y mènerai après dîner, si vous voulez, a néanmoins offert le vicaire.

— Ne vous donnez pas ce mal, je le trouverai bien tout seul.»

Et de fait, après le repas, il a pris sans escorte le chemin des jardins.

Je mentirais en disant que le hasard a voulu que je surprenne leur conversation. En vérité, j'étais curieux de connaître l'objet de la curiosité du frère Adelphe, et je désirais aussi revoir le frère Clément, que je n'ai jusqu'à maintenant aperçu qu'à la sauvette. Je me suis promené quelques minutes dans les allées en humant les fleurs et les herbes. Ces jardins sont effectivement remarquables, non par leur taille, modeste, il va de soi, en raison du peu d'espace dont dispose le jardinier entre les constructions et le roc, mais par l'intelligence de leur dessin. Les plantes y poussent parfaitement ordonnées, comme dans une ville miniature, et pourtant on a plutôt en y marchant l'impression de traverser une petite forêt qui aurait jailli là tout naturellement. Comment cela est-il possible, je l'ignore, et il faut croire que les légumes aussi ont leurs mystères. En me faisant ces réflexions, je me suis installé dans un coin, derrière un bosquet odorant, quand j'ai vu arriver le visiteur. De ce poste, je pouvais observer tranquillement sans être vu.

À genoux devant un bac où s'élevaient des fanes vertes, le frère Clément s'employait à déterrer des racines pâles et fuselées, un peu plus longues que la main, dont la pointe était hérissée de fils. Dans le panier à ses côtés se trouvaient déjà quelques racines semblables, mais plus fines. Il a sursauté quand le frère Adelphe l'a salué. Le chat gris assis près de lui s'est levé d'un bond et a détalé.

« C'est du persil que vous avez là ? » a demandé le frère Adelphe sur le ton poli de l'homme qui saisit un prétexte pour engager la conversation.

Posant la main dans son panier, Clément a répondu :

« Du panais, monseigneur. Rien que de très commun. Nous l'utilisons dans les potages et les purées. Les moines l'apprécient parce qu'il est sucré. »

Le visiteur a considéré les tiges qu'il avait à la main, puis le visage du frère Clément. Celui-ci l'a regardé sans ciller.

« Humble légume, a fini par opiner le visiteur, grâce auquel plus d'une famille de paysans a pu se sustenter par les hivers rigoureux. »

Clément a hoché la tête et déposé avec soin les plantes à l'envers dans son panier, de sorte que leurs feuilles côtoyaient les racines de celles qui s'y trouvaient déjà.

« On raconte que vous avez l'un des plus riches jardins du duché, a repris Adelphe.

— On me fait beaucoup d'honneur.

— Pas du tout : j'aperçois ici des espèces que jusqu'à maintenant je n'avais vues que dans les livres. Tenez, n'est-ce pas là de la cardamome ? Comment vous l'êtes-vous procurée ? »

Ce disant, il a cueilli une petite capsule verte dont il a froissé l'écorce entre ses doigts. Il s'est répandu dans les branches un parfum comme je n'en avais jamais senti : à la fois sucré, sauvage et entêtant.

« L'abbaye reçoit des pèlerins de partout, a expliqué le frère Clément. D'aucuns apportent en cadeau des livres ou des reliques, d'autres des graines ou des boutures. Quelques-uns les ont eux-mêmes reçues d'autres voyageurs. Des douzaines de semences attendaient d'être mises en terre quand on m'a confié les jardins. Il en est certaines que je n'ai pu identifier qu'une fois la plante parvenue à maturité, grâce à ses fleurs ou à ses fruits. Il en est d'autres qui, même écloses, demeurent un mystère. Mais il est bon de s'efforcer de faire fructifier les végétaux les plus humbles autant que le haut savoir... »

Le frère Adelphe écoutait en silence. J'ai songé que c'était une réflexion bien avisée pour un simple jardinier, prétendument faible d'esprit de surcroît. Comme s'il avait la même pensée, le frère Clément a ajouté :

« C'est du moins ce que dit notre bibliothécaire, homme docte et sage.

— Et il faut en effet une grande sagesse pour savoir non seulement lire, mais écrire dans le grand livre de la nature. Marchons un peu, si vous le voulez bien. »

Sans attendre, le frère Adelphe a fait quelques pas en poursuivant ses réflexions :

« Et, comme les livres, il arrive que la nature nous mente ou tente de nous tromper. Par exemple, avez-vous ici de cette plante que l'on nomme mandragore ?

— Je n'en ai jamais vu.

— Mais vous la connaissez, n'est-ce pas ? »

Le frère Clément a gardé le silence un instant, comme s'il se demandait ce qu'il convenait de répondre. J'ai craint qu'ils ne s'éloignent, ce qui m'aurait empêché de suivre le reste de leur conversation, mais Adelphe s'est arrêté presque aussitôt pour contempler un arbuste à petites fleurs.

«J'ai entendu à son sujet des histoires qu'il ne fait pas bon répéter ici, dans un lieu de recueillement et de prière.»

Cela n'a pas découragé le frère Adelphe, qui a poursuivi :

«Qu'elle pousse sous les pieds des pendus et s'abreuve de leur semence ; qu'elle a elle-même deux bras et deux jambes, que c'est une plante faite homme.

— Ou un homme fait plante, a commenté le frère Clément. Ce qui est une aberration plus grande encore.»

Ils ont repris leur marche en silence, le frère Adelphe s'arrêtant de temps à autre pour ébouriffer un buisson et en humer les exhalaisons ou pour arracher une feuille qu'il mâchait pensivement. Sorti de sa cachette, le chat les suivait à quelque distance, s'arrêtant quand ils s'arrêtaient, comme si lui aussi épiait leur conversation.

Pendant plusieurs minutes, je ne les ai plus vus. Une abeille tournait autour de moi en bourdonnant et je m'efforçais de la chasser sans trop faire de bruit ni de mouvements, de crainte de trahir ma présence s'ils revenaient. Après quelques minutes, ils sont repassés dans l'allée tout près de moi sans m'apercevoir. Je tendais l'oreille en guettant l'abeille posée sur le bout de mon pied.

«Ceux-ci sont des panais», disait tranquillement le frère Adelphe en montrant la gerbe de plantes dans le panier d'osier du frère Clément. Puis, pointant sans les effleurer les deux racines déposées tête-bêche :

«Mais pas celles-ci.

— Non, a confirmé Clément.

— Savez-vous ce que c'est ?

— Oui.

— Et c'est vous qui l'avez fait pousser ?

— Oui.

— Quelqu'un risque-t-il de la cueillir par mégarde ?

— Non. Il n'y a que moi qui ai accès à cette zone de l'herbularius, et je suis le seul à y récolter les plantes. »

Le visiteur l'a étudiée avec attention avant de dire :

« Je ne vous apprendrai pas que la grande ciguë figure parmi les plus dangereuses. On l'a utilisée pour mettre à mort Socrate. »

J'ai tressailli. Je ne connaissais pas ce Socrate, mais de la ciguë, j'avais déjà entendu parler.

« Mais on l'emploie aussi pour soigner certaines tumeurs malignes, a répondu Clément.

— Certes, en cataplasme, chez la femme dont la mamelle s'est infectée. Cachez-vous une femme quelque part, frère Clément ? »

Celui-ci a eu une sorte de sourire triste.

« Elle ne sert pas qu'aux femmes.

— Êtes-vous malade ? Ou bien l'un de vos frères ? »

Clément n'a pas répondu mais a baissé les yeux vers le sol. J'ai fait pareil. Dans la terre un hanneton courait d'un pas saccadé, protégé par sa carapace dérisoire. L'insecte et son armure n'étaient pas plus gros que le pouce.

Le jour de ma deuxième visite au Mont, il y a près de cinq ans maintenant, après avoir fait le tour des salles accessibles aux touristes, nous avons cherché en vain le chemin menant à l'escalier de dentelle, pour découvrir qu'il était désormais interdit aux visiteurs. Je me rappelais y être grimpée, adolescente, parmi la forêt d'arcs-boutants, et avoir contemplé les toits et la baie en contrebas avec un vertige qui n'était pas dû qu'à l'altitude, mais au fait de voir le monde, pour la première fois, sous un angle absolument différent.

Ce jour-là, nous nous sommes plutôt arrêtés dans le jardin de roses tout à côté du tranquille cimetière où sont enterrés les villageois. Il a mis un genou en terre, a sorti de son sac une très belle bague ancienne, qu'il m'a glissée au doigt. Ce devrait être le moment marquant de cette journée-là (de ce voyage, de cette année), mais je me rappelle avec plus de précision le petit-déjeuner que nous avions pris quelques heures plus tôt, dans la chambre d'une vieille maison en pierre surplombant la mer, à Cancale. La villa était déserte, le plateau avait été déposé en silence devant notre porte. Il y avait des croissants et du beurre portant une estampe normande, de la marmelade, des oranges pressées, une crêpe fine, un yaourt dans un petit pot en verre, pour moi un thé parfumé à la bergamote et pour lui un café au lait. Par la fenêtre ouverte, on voyait la mer turquoise, comme dans les tropiques, et au loin, pâle sur l'horizon, la silhouette du Mont posé au milieu de l'eau.

—◄○►—

Cette abbaye ne représente pas la même chose aujourd'hui qu'il y a mille ans, c'est une évidence. Mais que ressentait-on à l'intérieur de ces murs en l'an de grâce 1015, ou 1515 ? Que ressentait-on hors de ces murs ? Longtemps, j'ai craint d'être incapable d'écrire un livre qui se déroule à une époque où l'on ne connaissait pas la pomme de terre. Ce n'était pas métaphorique ; je ne voulais pas dire *un monde où l'Amérique n'existait pas encore,* mais vraiment un monde où l'on n'avait jamais goûté à une pomme de terre.

Ils habitaient une planète au centre du firmament, autour de laquelle orbitaient le Soleil et la Lune, un monde créé en sept jours et organisé par la volonté divine. Cette planète ne comptait qu'un énorme continent. La peste frappait toutes les quelques décennies, la lèpre et la guerre faisaient rage le reste du temps. Rares étaient ceux qui avaient déjà vu un livre, plus rares encore ceux qui savaient le déchiffrer. Les sorcières couchaient avec le malin et empoisonnaient l'eau des puits. On se soignait à la poudre de plomb, que quelques mages savaient transformer en or.

Le plus difficile, en essayant d'écrire le passé, ce n'est pas de tenter de retrouver la science, la foi ou les légendes perdues, de faire ressurgir les gargouilles et les tailleurs de pierre ; c'est d'oublier le monde tel qu'on le connaît ; c'est, dans ce monde d'aujourd'hui, d'effacer

76

tout ce qui n'était pas encore, tout ce qui existait mais échappait à la vue ou à l'entendement. Comment se priver de la moitié de ce que l'on connaît sans tout à coup avoir l'impression de devenir à moitié sourd et à demi aveugle? Comment oublier l'odeur du tabac, le goût du chocolat et le rouge de la tomate, comment ne pas voir sur toutes les tables un trou en forme de pomme de terre?

———◇———

Quand j'étais enfant, Radio-Canada diffusait un télé-roman intitulé *Le Parc des braves,* dont l'action se déroulait dans l'entre-deux-guerres. Je me souviens de l'avoir regardé avec ennui, mais aussi une sorte de curiosité distraite, comme quand on surprend sur une photo le visage non pas d'une personne qu'on connaît, mais de quelqu'un qui lui est apparenté. Les coiffures, les vêtements, les physionomies, même, avaient quelque chose de familier : cette époque était presque celle de l'enfance de mon père, dont il me parlait assez souvent.

Un jour, alors que nous étions devant la télé, il m'a demandé :

«Crois-tu que les gens qui vivaient dans l'entre-deux-guerres savaient qu'ils vivaient entre deux guerres?»

J'ai réfléchi. Je ne m'étais jamais posé la question. J'ai hasardé :

«Non...

— Et pourquoi?

— Euh... Il y a sans doute des gens qui sont morts avant la deuxième... Ou qui sont nés après la première...»

J'esquivais le problème : ces gens-là vivaient effectivement dans l'entre-deux-guerres, mais n'auraient vécu qu'une des deux. Je n'étais pas satisfaite de ma réponse, mais je ne trouvais pas mieux.

« Et ? a insisté mon père.

— …

— Ils savaient qu'il y avait eu une guerre, a-t-il repris, mais ils ne pouvaient pas deviner qu'il y en aurait une deuxième, tu ne crois pas ? »

Léger vertige dans ma tête d'enfant. Il m'aurait fallu, pour répondre à sa question, me mettre à la place de quelqu'un d'autre, voir le monde par ses yeux. Oublier ce que je savais pour retrouver une ignorance que je n'avais jamais pu avoir. Il s'agissait peut-être d'une première épreuve d'écrivain, à laquelle j'avais échoué.

En repensant à cette conversation aujourd'hui, c'est autre chose qui me frappe. La raison pour laquelle je supposais que les gens n'avaient pas conscience de l'époque où ils vivaient avait à voir avec l'oubli : le souvenir de la première guerre devait s'être perdu chez ceux qui l'avaient vécue, et à plus forte raison chez ceux qui n'en avaient pas été témoins mais à qui on en avait fait le récit. Pas une seconde je n'avais songé que c'était simplement parce qu'ils ne pouvaient pas prévoir la deuxième. Pour comprendre le passé, je regardais naturellement derrière, alors qu'il aurait fallu tourner les yeux (mes yeux, les leurs) vers l'avant.

———<o>———

Constat apparenté : on est toujours le Moyen-Âge de quelqu'un. Au début du texte qu'il consacre à Thésée dans ses *Vies parallèles,* Plutarque écrit, vers l'an 100 de notre ère :

> Les géographes [...] renvoient à l'extrémité de leurs cartes les pays qui leur sont inconnus, et marquent en quelques endroits que ce qui est au-delà ne contient que des déserts arides, pleins de bêtes féroces, que des marais impraticables, que les frimas de la Scythie, ou des mers glacées. De même, dans ces vies parallèles des hommes illustres, après avoir parcouru les temps où l'histoire, appuyée sur des faits connus, porte tous les caractères de la vraisemblance, nous pouvons dire des âges antérieurs : au-delà est le pays des fictions et des monstres, habité par les poètes et les mythologistes, où rien n'est assuré et ne mérite aucune confiance.

On a l'impression, en parcourant ces quelques lignes, de lire une description de l'an mil tel qu'on se l'imagine aujourd'hui : obscurci par les légendes et peuplé de créatures mythiques. Déjà dans l'Antiquité, le passé était perçu comme une époque d'obscurantisme noyée dans l'ignorance et les superstitions. Cette extrémité des cartes où l'on ne trouve plus que les bêtes féroces et les marais impraticables, cette lisière entre le monde connu et l'inconnu, elles n'existent pas que dans l'univers géographique : c'est la même frontière qui sépare aujourd'hui d'avant-hier. Les fictions et les monstres (paire réunie par Plutarque) ne hantent pas uniquement les terres inconnues, ils sont aussi le peuple des époques révolues.

Pourtant, le passé est le roc sur lequel sont bâties nos maisons et l'encre avec laquelle on écrit nos livres. De temps à autre, en ouvrant une porte, on se trouve face à face avec un fantôme qui nous dévisage – il a aussi peur que nous. Le truc, c'est de le prendre par la main, de l'amener en pleine lumière, de lui préparer une tasse de thé s'il le veut bien, de s'asseoir devant lui et de le peindre jusqu'à avoir jeté sur le papier la dernière de ses ombres. Le fantôme risque de disparaître, mais il nous restera le dessin.

De même, en se penchant au-dessus d'un encrier comme on regarde dans une flaque d'huile, on voit chatoyer des formes et des couleurs. Il ne faut pas fermer les yeux, mais rester là assez longtemps pour que des silhouettes apparaissent. On croit d'abord se regarder soi-même, comme dans un miroir déformant. Mais ne détournez pas le regard. Vous les verrez bientôt. Ils vous invitent à danser.

Anna était venue toquer à ma porte quelques jours avant son mariage. Elle était comme toujours accompagnée de sa gouvernante, mais celle-ci, plutôt que de l'escorter à l'intérieur, avait fait un geste de la main comme pour la bénir ou pour me mettre en garde, avant de tourner les talons. C'était le milieu de la nuit. J'avais cru que je rêvais et il m'arrive encore parfois de le croire.

Elle était entrée en souriant et, par habitude, je l'avais menée à l'atelier, qui était à cette heure plongé dans l'ombre. Les deux portraits étaient posés côte à côte sur deux chevalets ; je devais rendre le premier le lendemain matin. Elle les avait examinés avec ses doigts dans la pénombre. Puis elle m'avait dit, comme si je pouvais l'ignorer :

« On me marie dans trois jours. »

J'avais acquiescé en silence. Elle avait poursuivi :

« Je n'ai encore jamais vu celui qui doit devenir monsieur mon mari, mais on dit qu'il est très grand et très riche. » Elle avait ajouté, pour faire bonne mesure : « C'est un seigneur très puissant. »

De nouveau j'avais hoché la tête. Eût-il été sourd, infirme et bossu, j'aurais quand même été jaloux de cet homme.

C'était étrange de la voir debout face aux deux portraits dont l'un la montrait sage et posée, et l'autre comme sous l'effet d'une tempête invisible. Pendant quelques instants, je n'avais plus su laquelle des trois Anna était la vraie. Celle-ci s'était retournée, avait observé :

«Vous ne dites rien.

— Que souhaitez-vous que je vous dise?

— Nous ne nous reverrons plus après demain. En aurez-vous au moins un peu de chagrin?»

J'avais chancelé et, afin de me donner une contenance, je lui avais tourné le dos pour gagner la fenêtre. Les maisons étaient noires de l'autre côté de la rue. La nuit fourmillait d'étoiles. Je l'avais entendue déplacer pinceaux et couleurs sur ma table. Quand je m'étais retourné, elle avait à la main un morceau de fusain.

«Je voudrais moi aussi faire votre portrait», a-t-elle dit.

J'ai allumé une bougie, trouvé une feuille, la lui ai tendue.

Elle s'est assise par terre et m'a invité à faire de même. Puis, le fusain suspendu en l'air, elle est restée un long moment à m'observer.

Enfin, plutôt que de porter la pointe de charbon sur la feuille, elle s'est approchée de moi et a tracé délicatement l'arcade sourcilière, l'arête du nez, la ligne de la pommette et la courbe du menton, jusqu'à avoir dessiné un masque de nuit sur mon visage. Du pouce, elle a effacé un trait au coin de ma bouche, et puis ses lèvres ont remplacé son doigt.

Nous nous sommes déshabillés lentement, en silence, nous découvrant avec une sorte d'étonnement. Elle avait une taille de sablier, la peau douce, un grain de beauté sous le sein gauche, à la place du cœur. Nous nous sommes allongés, membres emmêlés, sur les couvertures où j'avais passé des nuits à rêver d'elle. Quand nous nous sommes relevés à l'heure où s'éteignent les étoiles, nos corps sont restés dessinés dans les plis des draps.

Après son mariage, elle trouvait encore le moyen de venir me rejoindre plusieurs fois par semaine. Elle arrivait en riant, les joues rouges, le souffle court, elle se posait près de moi comme un oiseau et me racontait les ruses dont elle avait usé pour expliquer son absence : elle allait faire une visite à une tante, à une famille miséreuse, à une amie malade ; elle se rendait au marché, chez le marchand d'étoffes, à la messe. Cette dernière excuse n'était pas tout à fait une invention, puisqu'il lui arrivait de venir me rejoindre à l'église Sainte-Anne, dont j'avais accepté, quelques mois plus tôt, de refaire le chemin de croix.

Elle s'asseyait tout près de moi dans la nef déserte, me regardait travailler en me racontant sa vie d'épouse de notable, dont elle s'amusait comme d'un rôle qu'elle aurait joué dans un mistère. De son mari, je savais qu'il était riche, naïf et orgueilleux. Je ne souhaitais pas en apprendre davantage, préférant qu'il demeure une ombre en marge de ma conscience, comme quand on aperçoit du coin de l'œil une forme indistincte sans pouvoir dire de qui il s'agit. Surtout, je ne voulais pas imaginer qu'elle puisse faire avec lui ce qu'elle continuait de faire avec moi – et même une fois, Dieu nous pardonne, dans cette église.

Il y avait une dizaine de jours que je ne l'avais vue quand elle est arrivée un matin encore plus agitée que d'habitude.

«J'ai dû échapper à une ribambelle de cousines – les miennes et celles de mon mari – en visite chez nous pour quelques jours. Je leur ai faussé compagnie alors qu'elles se rendaient acheter des dentelles. Cela les excitait au plus haut point : elles en ont sans doute pour une heure avant de se rendre compte de mon absence. »

Elle avait posé la tête sur mon épaule, la main sur mon pourpoint. Tous deux nous faisions face à Notre-Seigneur titubant sous une croix plus grande que lui. Laissant tomber mon pinceau et mes couleurs, je l'avais enlacée. Elle sentait le dehors et le soleil.

«Que fais-tu quand je ne suis pas là? avait-elle demandé.

— Je travaille.

— Et quand tu ne travailles pas ?

— Je dors.

— Et quand tu ne dors pas ?

— Je t'attends. »

C'était vrai. Ma vie se passait dans une sorte d'éternelle expectative, mais cela ne me gênait pas. Je l'attendais comme on attend l'été, en sachant qu'il viendra et qu'il sera doux.

Elle apportait parfois quelques fruits ou des oublies à partager, parfois un livre dont elle me lisait des passages à voix haute.

La première fois, je m'étais étonné :

«Tu sais lire ?

— Mon père n'a pas eu de fils. »

Mon père à moi en avait eu quatre, et jamais assez d'argent pour les nourrir. J'étais le cadet : on m'avait envoyé chez mon oncle, frère de ma mère, qui était régisseur d'un vaste domaine en Touraine. Il y disposait d'une grande maison en plus de profiter de l'usage des écuries et des forêts du seigneur qui n'y séjournait que rarement, préférant la guerre à la campagne. J'avais passé là une partie de mon enfance, aux côtés de ses propres fils qui n'avaient guère d'affection à mon endroit, à l'exception de Robert. À peine plus vieux que moi, il était vite devenu mon défenseur et mon meilleur ami.

Le plus souvent, lors de ces visites, Anna sortait un ouvrage dont elle avait elle-même conçu le dessin et qu'elle ornait de fils de couleurs vives. Elle avait terminé cette semaine-là une broderie où l'on voyait un dragon crachant le feu, et était maintenant occupée à une petite scène dont la moitié inférieure était sous-marine. Sous la coque d'une nef voguant sur une mer parsemée d'îles se déployait un paysage d'oursins et d'hippocampes.

Je lui avais demandé, un peu par jeu, si elle avait parfois envie de représenter des choses qu'elle avait déjà vues ou rencontrées.

Elle m'avait souri.

«Comme sainte Véronique et Marie-Madeleine?»

Toujours elle était plus intelligente que moi. Mais je n'avais pas lâché prise.

«Sainte Véronique a tes yeux, et Marie-Madeleine ton sourire, tu le sais bien. Il faut que je te regarde pendant des heures avant de réussir à leur donner un visage.»

Je lui avais volé un baiser. Elle s'était dégagée.

«Les oursins n'ont pas de visage, heureusement.»

Elle avait passé le pouce sur ce qu'elle avait brodé ce jour-là et sur le tissu vierge qui restait à couvrir. Je pouvais voir qu'elle réfléchissait malgré tout à ma question. Son front s'était plissé, elle ressemblait à la fillette qu'elle avait dû être, tentant de déchiffrer dans un lourd volume les minuscules carolines.

« Ce que je connais, je n'ai pas besoin de le refaire, avait-elle dit enfin. Pourquoi en voudrais-je une copie ? »

Des mois plus tard, Robert m'expliquerait que tout ici-bas est déjà copie, pâle simulacre de la Beauté ineffable et vraie. Mais à ce moment-là, je ne pouvais que m'étonner de ce désir d'Anna de vivre dans un monde peuplé de licornes et de girafes plutôt que simplement à mes côtés.

Et puis comme un enfant qui pour la première fois possède un jouet et veut s'assurer qu'il est bien à lui et qu'on ne le lui enlèvera pas, j'avais commencé à vouloir mettre à l'épreuve son amour pour moi. Quand elle ne pouvait pas venir pendant plusieurs jours, je l'accueillais avec un visage boudeur et me laissais amadouer de longues minutes avant de consentir à lui faire un sourire, alors même que mon cœur battait la chamade.

Si elle m'annonçait qu'elle pourrait revenir le jeudi, je disais que je n'y serais pas, même si je n'avais rien d'autre à faire de cette journée que de penser à elle. M'imaginais-je qu'en me faisant plus rare je me donnais plus de prix ? Ou voulais-je simplement qu'elle souffre, elle aussi, comme je souffrais désormais chaque fois qu'elle me quittait ? Je suis même allé, poussé par un mélange de sottise et de cruauté, jusqu'à lui inventer une rivale.

« J'ai commencé à faire le portrait d'une fort jolie demoiselle », lui ai-je dit un jour qu'elle était arrivée plus tard qu'à l'habitude.

Elle a tressailli, mais m'a demandé d'une voix égale :

«Tu me le montreras?»

J'ai fait la moue.

«Il est loin d'être terminé. Dans quelques semaines, peut-être. Je dois la revoir encore plusieurs fois. Jamais je n'avais encore rencontré personne avec la peau si blanche, un teint de lys et de rose.

— Oui?

— Et des lèvres vermeilles.»

Elle me regardait, interdite. Je continuais, incapable de m'arrêter, pour la mauvaise joie de voir l'inquiétude se répandre sur ses traits :

«Des yeux bleus comme la mer, un profil très pur.»

Elle s'est levée dans un mouvement brusque, je l'ai retenue pour l'embrasser plus durement qu'à l'habitude. Elle s'est raidie un instant avant de me rendre mon baiser, et puis elle est repartie en courant sous l'orage.

Elle est morte moins d'une semaine plus tard, d'une fièvre, et bien sûr personne n'est venu m'avertir. J'avais continué de la croire vivante pendant deux jours entiers, et ces deux jours me sont un supplice. Il me semble que si j'avais été mis au courant sur-le-champ, j'aurais pu prendre avec elle le chemin des ombres. Deux fois le lever du Soleil, deux fois la Lune en berceau dans le ciel, je n'avais plus aucune chance de la rattraper.

J'étais rentré chez moi, j'avais pris la gaude, la garance, le noir de fumée et je les avais jetés au feu sous le regard impassible du portrait de nuit. Mes pinceaux et les panneaux de bois que j'étais en train de préparer étaient venus nourrir les flammes à leur tour. J'aurais lancé ma chaise et ma table dans l'âtre s'il avait été assez vaste.

Mais aucun feu n'était assez grand. J'avais serré son portrait contre ma poitrine. Le bois était froid et dur. Ce n'était plus elle, mais des pierres, des coquillages, des racines et des ossements réduits en poudre et mêlés à du jaune d'œuf étalés sur ce qui avait déjà été un arbre — jeté au feu.

Ce jour-là, la lumière s'était éteinte. Le jour était devenu la nuit, la nuit était devenue de la cendre.

————◄○►————

Il y a eu d'abord une rage blanche sans mots pour la hurler et je restais là, bouche ouverte, muet, comme un poisson hors de l'eau. Et puis le chagrin s'est abattu, remplacé de temps à autre par une sorte de stupeur qui était presque un soulagement. La colère réapparaissait aux moments les plus curieux. Un jour que je mangeais un bout de pain dans la rue, un chien s'est mis à me suivre, l'air implorant. J'ai voulu le chasser du geste, mais l'animal ne me lâchait pas, son museau sale levé vers le quignon.

Le coup de pied est parti sans que je m'en rende compte. Le chien s'est éloigné, avec dans les yeux un étonnement qui aurait dû me tordre le cœur.

————◄○►————

J'ai fui mon atelier, mon lit, tout ce que j'avais partagé avec elle et qui ne faisait que creuser son absence. Je cherchais les lieux et les êtres qui ne me parlaient pas d'elle, et qui étaient aussi par conséquent les plus éloignés de moi. Je passais des heures à marcher au hasard dans les rues, j'entrais à la tombée du jour dans quelque auberge, je buvais jusqu'à ne plus pouvoir tenir droit. Je cédais au sommeil là où il voulait bien me prendre, je m'affaissais sur une chaise, je m'écroulais dans l'encoignure d'une porte, ou bien je sombrais dans les bras maigres d'une putain. Je me réveillais en sursaut quelques heures plus tard et je repartais à marcher comme si j'étais poursuivi par un fantôme.

Malgré toute sa sapience, son grec et son latin, Robert ne peut comprendre cela. Jamais il n'a voulu mourir pour avoir perdu un être et il ne comprend sans doute pas davantage qu'on puisse vouloir vivre pour une femme. Ses deux frères sont mariés, mais n'ont, à ma connaissance, jamais parlé de leurs épouses que distraitement, en donnant des nouvelles du domaine, des récoltes et de leurs enfants. Il ne les a sûrement jamais vus embrasser cesdites épouses, par ailleurs de bonnes dames bien grasses et rougeaudes, solidement plantées dans leurs jupes ; cela lui aurait probablement semblé aussi ridicule que de les voir cajoler les animaux de leurs basses-cours.

Il m'a raconté avoir lu, au sortir de l'enfance, quelques romans courtois qui l'ont fait soupirer d'aise. Ce n'étaient toutefois pas les amours racontées qui lui faisaient gonfler le cœur, mais le désir de faire la même chose – c'est-à-dire, un jour, d'écrire un livre lui aussi.

Il en est venu à la conclusion que les hommes sous des dehors semblables ne doivent pas être faits pareils, comme des volumes en apparence identiques renferment parfois des vérités différentes, ou alors l'un dit la vérité tandis que l'autre ment. Deux pommes aussi rouges peuvent cacher l'une une chair parfumée, l'autre un ver lové dans une bouillie pourrissante. Ainsi en va-t-il des apparences, dont il convient de se méfier.

Il m'a dit, un jour que nous parlions de cela :

« Il y a des hommes qui ont une pierre à la place du cœur, j'en connais et je m'en garde. Mais d'autres ont un cœur à la place de la cervelle, et cela ne vaut pas mieux. »

———◦———

Ce matin, à l'office, j'ai observé les moines en tentant de découvrir à qui peut servir ce poison qui est aussi un remède. En faisant le portrait des uns et des autres, j'ai souvent eu l'occasion de vérifier ceci : si les oiseaux ne ressemblent jamais à autre chose qu'à eux-mêmes, envisagés sous un certain jour la majorité des hommes ressemblent à des oiseaux. Avec son nez aquilin et ses orbites creuses, le frère Louis a le profil d'une buse ou d'une bondrée. Autour de la tonsure, ses cheveux sont blancs, mais il marche toujours d'un pas vif et se tient le dos bien droit. Sous les capuchons, dans l'église plongée dans la pénombre, il y avait en outre une perdrix (le frère Thomas, gras, les membres courts, qui grasseye en parlant), deux corbeaux (les frères Colin et Maximilien, la mine sévère, qui se ressemblent comme de vrais frères), un faisan (le grand et gros frère Alarich, qui semble toujours se rengorger), un moinel, une mouette, un héron. Et Robert ? Je le connais trop bien pour voir sur ses traits autre chose que ceux du gamin qu'il a été – trop bien, ou trop mal.

———◦———

Depuis quelques jours, à la table de l'abbé, le frère Adelphe ne tarit pas d'éloges sur les jardins. Le vicaire, peu enclin à discuter de questions aussi grossières, s'efforce de faire semblant de s'y intéresser.

« Nous en sommes très satisfaits, a-t-il dit comme s'il lui arrivait lui-même de se lever à l'aube pour aller plonger les doigts dans la terre. Non seulement le potager suffit à nourrir nos frères, mais nous pouvons encore en vendre l'excédent aux villageois. »

Il a semblé se rendre compte à ce moment que cela était vrai : le frère Clément, qui sait à peine lire et a du mal à suivre les offices, leur procure à manger à tous en plus de rapporter de l'argent à l'abbaye. Comme quoi même les créatures les plus humbles ont leur utilité. Il a bombé le torse.

« C'est vous sans doute qui lui avez suggéré ce plan ? » a demandé le frère Adelphe pour lui être agréable.

Le vicaire a paru ne vouloir ni confirmer ni contredire et s'est contenté de sourire. Le frère Louis, assis à ses côtés, se raidissait, mais Robert avait presque l'air de s'amuser de la discussion.

« Jamais, a poursuivi Adelphe, je n'ai vu jardin qui respectât si bien l'ordonnancement parfait de l'abbaye de Saint-Gall, quoiqu'en miniature, bien entendu. Reste qu'ils sont peu nombreux, ceux qui arrivent à le reproduire avec une telle intelligence, la plupart se contentant de s'en inspirer, souvent fort imparfaitement, hélas, quand ils ne jugent pas bon de l'enjoliver de trouvailles de leur cru. »

Le vicaire cette fois s'est exclamé :

« Saint-Gall, voilà une abbaye telle qu'elle doit plaire à Dieu ! Plusieurs de mes frères y ont déjà fait des séjours, et moi qui vous parle, j'en ai tenu les plans entre mes doigts. »

Tandis qu'il prononçait ces paroles, il y avait dans sa voix un dépit qu'il tentait de faire passer pour de l'admiration – pourquoi cette beauté ordonnée n'était-elle pas sienne, pour la plus grande gloire de Dieu?

Il me paraît être de ces hommes chez qui le succès d'autrui, fût-il fortuit, éveille immanquablement le sentiment de ses propres échecs. L'inexplicable habileté du frère Clément aurait dû lui procurer du contentement, voire de la fierté ; il en éprouvait plutôt de l'humiliation. Il a mastiqué longuement une bouchée de ces petits pois et haricots tout neufs dont le succès ne dépendait en rien de lui, puis il a pris une rasade de vin pour en chasser le goût.

Il doit partir demain et ne revenir que dans six mois, pour la Noël.

———◄○►———

Dès après laudes, Robert m'a traîné sur les murailles et nous avons regardé le soleil se lever. Dans la lumière de l'aurore, la baie était rose comme l'intérieur d'un coquillage. J'aurais tout donné, autrefois, pour pouvoir capter semblable lumière dans un tableau. Aujourd'hui, sa beauté me demeure étrangère, elle me parle une langue oubliée.

Nous avons aperçu en même temps le groupe de pèlerins avançant lentement vers le Mont. Ils pouvaient être une soixantaine, peut-être davantage. Curieusement, ils ne grandissaient pas en approchant, comme le font toujours les choses lorsque diminue la distance qui nous sépare d'elles. Ou, du moins, ils ne grandissaient pas suffisamment. À cent toises du Mont, on aurait encore dit une armée miniature, sale et déguenillée, dont les soldats marchaient vers l'abbaye, de l'eau jusqu'aux chevilles. Les deux à l'avant portaient la croix et le bourdon.

« Qui sont-ils ? ai-je demandé à Robert.

— Des enfants. »

Et il a récité à mi-voix :

« Une M seule, comme semble,

Trois C, trois X, trois I ensemble,

En l'an MCCCXXXIII

A Saint Michiel sa grant fiance

Fist venir au mont grantentois

De pastoreaus grant habundance. »

Cent ans plus tard, les petits pèlerins avaient repris les chemins du paradis.

La nuée de pastoureaux ont franchi la porte du Roy en une longue file désordonnée et sont entrés dans le village en pente. Ils ont entamé la montée vers l'abbaye par le Grand Degré, silencieux, décidés. Leurs pas légers faisaient sur les pavés un crépitement qui rappelait celui de la pluie.

À la suite de Robert, je suis entré dans l'aumônerie, où s'étaient rassemblés les petits pèlerins qui s'affairaient à se dévêtir. Certains s'étaient déjà étendus par terre, d'autres croquaient dans des morceaux de pain qu'on avait apportés dans de profondes corbeilles. On entendait bourdonner plusieurs langues et patois mélangés. Robert a avisé l'un des plus grands enfants, debout non loin, les membres longs et minces, brun, qui pouvait avoir douze ans.

« Est-ce toi le chef ? lui a-t-il demandé en dialecte normand.

— Nous n'avons pas de chef, a répondu le gamin.

— Très bien. Qui marchait le premier?» a de nouveau questionné Robert.

L'enfant a montré, au milieu de la foule, un petit garçon d'une huitaine d'années, roux comme un renard, occupé à défaire son maigre bagage. Nous frayant un chemin parmi les enfants, nous nous sommes approchés de lui.

«Comment t'appelles-tu?» a demandé doucement Robert.

Le petit garçon a levé la tête mais n'a pas répondu. Il avait les yeux très verts, bordés de cils roux, le regard grave. Ses prunelles semblaient presque liquides. Il avait les lèvres rouges, les joues constellées de taches de son.

«D'où viens-tu?» ai-je tenté à mon tour.

Nouveau silence.

Devant la mine du garçon, il m'est venu à l'esprit qu'il était peut-être sourd. J'ai demandé d'une voix un peu plus forte et en articulant de mon mieux :

«Entends-tu ce qu'on te dit?»

L'enfant a levé les paumes vers le ciel et a murmuré quelque chose que nous n'avons pas compris. Mais Robert avait reconnu la chanson de ses paroles : c'était de l'allemand. Retournant voir le plus grand garçon, il lui a commandé de venir servir de truchement.

«Veuillez m'excuser, monsieur l'abbé, mais je ne peux pas.

— Et pourquoi donc?

— Je ne parle pas l'allemand, monsieur.

— D'accord. Parmi les autres, il y en a bien qui le comprennent, n'est-ce pas?

— Oh oui, plusieurs.

— Très bien, alors emmène-m'en un, il pourra faire office de truchement.

— C'est que…

— Oui?

— Ils ne parlent pas normand, monsieur.

— Ah çà! mais comment faisiez-vous donc pour vous entendre si vous parlez tous des patois différentes?»

Le garçon a ouvert de grands yeux, comme si cette question ne lui était jamais venue à l'esprit. Robert a hoché le menton et eu malgré lui un mince sourire.

«On dirait bien que ce que Dieu a enlevé aux hommes à Babel, m'a-t-il soufflé en secouant la tête, il l'a redonné à ces petits enfants.»

Il se trouvait heureusement au Mont un moine ayant longtemps séjourné à l'abbaye d'Alpirsbach, venu ici consulter des ouvrages du siècle passé où il était question de mathématiques. Robert l'a envoyé chercher. Autour de lui, les enfants continuaient de prendre leurs aises. La salle était devenue un grand campement. Dans un coin, on jouait aux dés. Ailleurs, on ronflait déjà. Le petit roux ne parlait guère aux autres, mais ceux-ci lui jetaient de temps en temps des coups d'œil, comme pour vérifier qu'il était encore là.

Le frère Alarich est enfin arrivé, et Robert a redemandé au gamin :

«Comment t'appelles-tu?, ce que le frère Alarich a traduit aussitôt dans une langue un peu rocailleuse, où je ne reconnaissais pas un mot.

— Johann, a dit l'enfant.

— Et d'où viens-tu?»

Haussement d'épaules.

« A-t-il compris la question ? a demandé Robert au frère Alarich, qui a répété, plus lentement.

— Il dit qu'il ne sait pas, a traduit Alarich quand l'enfant a eu répondu.

— Il ne sait pas d'où il vient ?

— C'est ce qu'il dit. »

Robert a essayé autrement :

« Quelles villes as-tu traversées pour venir jusqu'ici ?

— Quelques grandes cités et plusieurs hameaux. En certains endroits, on nous donnait à manger et on nous permettait de dormir dans des fenils, ou même dans la cuisine, près de l'âtre. Ailleurs, on nous chassait. » Comme pour atténuer l'effet de ces dernières paroles, il a ajouté : « Mais cela n'est pas arrivé souvent. »

Quand le frère a eu traduit, Robert a repris :

« Combien de temps avez-vous marché ?

— Des jours et des lunes. Nous sommes partis au printemps pour arriver à l'été.

— Comment savais-tu où aller ?

— Le Soleil guidait mes pas.

— Et maintenant que tu es arrivé ?

— Je voudrais parler à l'ange, s'il vous plaît. »

Ce soir, après l'office, Robert est venu me trouver dans ma cellule. Il a fini par m'octroyer cet espace tout juste assez grand pour une paillasse, et doté d'une fenêtre étroite, après que mes voisins de lit se sont plaints du fait que je me levais à toute heure et troublais leur sommeil. Il faut bien mal dormir pour être accusé de déranger des hommes qui se lèvent toutes les trois heures pour aller prier. J'étais allongé sur la paille, yeux ouverts, la tête vide. Je me suis redressé en le voyant entrer. Il a ressorti de sa coule le petit livre à la couverture usée et aux coins arrondis. J'ai reconnu le volume qu'il avait rapporté de notre voyage et n'avait point montré au vicaire. Il l'a ouvert à la première page et m'a demandé :

« Sais-tu ce qui est écrit ?

— Je ne connais pas le latin », ai-je répondu sèchement comme s'il pouvait l'ignorer.

J'avais voulu dire, ou n'avais pas voulu dire : Je ne sais pas lire.

« C'est du grec », a repris tranquillement Robert.

Il a feuilleté l'ouvrage pour s'arrêter à une page de gauche couverte d'enluminures.

« Pourrais-tu faire cela ? » m'a-t-il demandé.

J'ai étudié les dessins rouge cinabre et vert émeraude, exécutés sans finesse et un peu maladroits malgré l'or dont ils étaient bordés.

«Je pourrais faire mieux que cela», ai-je répondu.

Ce n'était pas vanité : c'était vrai.

Robert m'a détrompé. Montrant du doigt la page de droite où une forêt de petits caractères se déployait sous une grande lettrine, il m'a demandé :

«Et ça, pourrais-tu le faire aussi?»

Je suis capable de tracer mon nom au bas d'une traite ou d'une peinture ; cela m'a toujours suffi. Je ne sais ni lire ni écrire et ne m'en trouve pas plus mal. Des livres, je ne connais que les récits que me lisait Anna. Depuis que je suis au Mont, j'ai visité quelques fois le scriptorium en compagnie de Robert, qui m'a fait admirer les enluminures et passer le doigt sur le grain du parchemin ou la peau du vélin. Je contemplais les lettrines colorées avec quelque intérêt, comme on regarde dans une forêt des plantes dont on ne connaît ni le nom ni le parfum. Le frère Louis avait d'abord refusé tout net de me laisser tripoter les ouvrages de la bibliothèque, arguant que ceux-ci n'étaient pas faits pour être souillés par des mains profanes. Quand Robert lui a expliqué ce qu'il avait en tête, le vieillard a eu un véritable haut-le-corps.

«Jamais !

— Mais, a exposé Robert d'une voix patiente, il connaît aussi bien, sinon mieux que nos moinillons les encres et les parchemins. Et il en aurait sans doute à leur remontrer sur le maniement de la plume.

— Je ne nie pas qu'il puisse être habile à jouer du

pinceau. Mais avez-vous seulement pensé, dans votre sagesse, qu'il ne comprend rien à la vérité que recèlent ces pages dont il ne connaît pas la première lettre?»

Ils parlaient de moi comme si je n'étais pas là et, en vérité, j'avais l'impression de ne pas y être tout à fait. Ce projet qu'avait formé Robert n'était pas le mien; les objections du frère Louis ne m'affectaient pas. Il avait peut-être raison, ces livres étaient précieux, assurément ce n'étaient pas des trésors à mettre entre toutes les mains. Par la fenêtre, je regardais deux oiseaux blancs tournoyer. Il était impossible de dire lequel des deux pourchassait l'autre, ou s'ils exécutaient une sorte de danse. À l'autre bout de la pièce, j'entendais leur conversation sans l'écouter vraiment. On me dirait bien assez tôt ce qu'on aurait décidé.

«Et qui peut prétendre, même s'il déchiffre les vingt-cinq lettres suivantes, saisir dans son entièreté la parole des saints et à plus forte raison celle de Notre-Seigneur?» répliquait Robert.

Le frère Louis a semblé un instant pris de court.

«Et au fond que cela change-t-il? a poursuivi Robert.

— Ce que cela change?»

Le frère Louis s'étranglait un peu. J'ai jeté un coup d'œil dans leur direction. Ses joues rosissaient. On aurait dit qu'il avait fourni un effort considérable et qu'il manquait d'air. Et en vérité, il fournissait un grand effort, pour ne pas laisser éclater sa pleine colère.

«Nos moines ont-ils donc pour tâche de juger ce qu'ils copient? a repris Robert.

— Non, certes.»

Le rouge ne quittait pas ses joues, gagnait son cou où il faisait des taches sur la peau blanche.

«Vous n'insinueriez jamais qu'il leur revient de le modifier de quelque manière que ce soit, n'est-ce pas?»

À l'évocation de cette possibilité, le frère Louis a eu un nouveau sursaut.

«Il faut au contraire préserver la vérité telle quelle et inchangée, a-t-il dit d'une voix étouffée. La transmettre intacte pour l'édification des siècles à venir. La garder de tous ceux qui ne sont pas dignes de la recevoir.

— Et qui choisit les dignes?»

Le frère Louis a levé les yeux au ciel, soit en guise de réponse à la question, soit pour supplier que lui vienne de là quelque secours.

«Les textes saints doivent être gardés par des hommes de Dieu dans des lieux sacrés. Les textes infidèles doivent être gardés dans les mêmes lieux, mais pour d'autres raisons: il convient de les empêcher de répandre leur influence délétère.» Levant le doigt, il a énoncé un peu comme s'il était justement en train de lire dans un livre invisible: «Les premiers, il faut les protéger des méchants; les seconds, il faut en protéger les innocents.»

Robert l'a interrompu comme s'il le prenait en défaut, mais quand il s'est mis à parler, on aurait dit qu'il cherchait à convaincre le frère Louis qu'ils étaient tous deux d'accord et disaient la même chose avec des mots différents.

«Justement, a-t-il expliqué, ces textes dont on doit se garder, peuvent-ils être mieux copiés que par quelqu'un ne risquant pas de souffrir de leur dangereuse influence? Quant à ceux qui proclament la divine vérité, ils ne demandent qu'à être transcrits et multipliés. Ils n'ont que faire que nous soyons muets, sourds ou aveugles, pour peu que nous ayons les mains agiles. Et pour ma part, je ne connais personne qui ait les doigts aussi déliés qu'Éloi.»

Le frère Louis a fini par céder. Non pas qu'il ait été à court d'arguments, j'en suis sûr, non plus qu'il ait été convaincu par ceux de Robert, je voyais bien dans ses yeux qu'il n'en était rien. Mais il semblait avoir compris qu'on ne peut gagner par la raison contre qui choisit sa folie.

Le lendemain, il m'a préparé une table de travail dans le scriptorium, désert ce jour-là. Sur la surface, il a déposé avec des gestes précis et pleins de révérence deux plumes de dindon, un couteau pour les tailler, un compas, un calame de roseau, une longue règle, une pointe d'argent et un grattoir. Il a ensuite posé devant moi un seul godet à demi rempli d'encre noire.

«Vous n'aurez pas besoin de couleur aujourd'hui», a-t-il décrété, et je n'ai pas cherché à le contredire.

Il est reparti et revenu avec un parchemin déjà recouvert d'écritures à demi effacées.

«Il faut d'abord le nettoyer avant de pouvoir vous en servir à nouveau», a-t-il laissé tomber.

J'ai gratté pendant toute cette journée et une partie de la matinée du lendemain, réussissant à faire disparaître certains des caractères restants. Mais d'autres subsistaient et je craignais, en continuant de frotter, de trouer la surface fragile. Le frère Louis a mis un terme à mes réflexions.

«Cela ira.»

Je me suis demandé si je devais tracer mes lettres sur les anciennes pour tenter de les recouvrir, ou plutôt dans les espaces entre les lignes du texte à moitié disparu et dont il ne restait plus que le fantôme. J'ai opté pour cette dernière solution. Quand il est venu observer où j'en étais, le frère Louis a semblé approuver, même s'il n'en a rien dit. Il s'est contenté de repartir en hochant la tête.

Mais le résultat me paraissait curieux, à moi qui n'ai point l'habitude des écritures : les nouveaux caractères tracés à l'encre noire alternaient avec des lignes presque invisibles mais que leur pâleur rendait plus présentes encore. Et il est vrai qu'il fallait pour les distinguer une attention plus grande que pour suivre les lignes neuves, qui sautaient aux yeux. Les unes et les autres finissaient toutefois par s'entrelacer de telle manière que les deux textes, qui devaient pourtant être étrangers l'un à l'autre, ne semblaient plus qu'un.

C'est au XVIIe siècle que les Mauristes arrivés au Mont-Saint-Michel pour succéder aux Bénédictins font inscrire sur les volumes de la bibliothèque l'ex-libris aujourd'hui célèbre : *Ex monasterio sancti Michaelis in periculo maris. Du monastère de saint Michel au péril de la mer,* même si les belles heures de la bibliothèque et du scriptorium sont révolues depuis longtemps, et qu'on n'y copie plus que deux ou trois livres par an.

À la Révolution, exit les saints et leurs cortèges d'archanges, le Mont est sommairement rebaptisé « Mont-Michel », puis « Mont-Libre ». Ironie du destin, l'abbaye est à cette époque officiellement convertie en prison. L'essentiel de ceux qu'on y enferme ne sont ni des criminels de droit commun ni des aristocrates, mais des prêtres accusés de ne pas embrasser avec suffisamment d'enthousiasme les valeurs révolutionnaires.

Étrange renversement, du cloître à la prison, tous deux lieux d'enfermement, le premier volontaire, le second forcé. Il y a entre ces deux types de confinement la même différence qu'entre un mariage d'amour et un viol. D'un côté le don, de l'autre le vol.

En 1834, l'église abbatiale morcelée, séparée en deux par un plancher à mi-hauteur destiné à en augmenter la surface utilisable, est devenue un atelier à chapeaux. Deux ans plus tard, dans une lettre écrite à sa fille Adèle, Victor Hugo raconte une visite au Mont :

> Dans le château, tout est bruit de verrous, bruit de métiers, des ombres qui surveillent des ombres qui travaillent […], l'admirable salle des chevaliers devenue atelier où l'on regarde par une lucarne s'agiter des hommes hideux et gris qui ont l'air d'araignées énormes, la nef romane changée en réfectoire infect, le charmant cloître à ogives si délicates transformé en promenoir sordide, […] partout la double dégradation de l'homme et du monument combinées ensemble et se multipliant l'une par l'autre. Voilà le Mont-Saint-Michel maintenant.

Et puis, pour remplacer l'ange arraché au clocher, un simulacre de croix :

> Pour couronner le tout, au faîte de la pyramide, à la place où resplendissait la statue colossale dorée de l'archange, on voit se tourmenter quatre bâtons noirs. C'est le télégraphe.

En 1878-1879, on aménagea une digue menant au Mont-Saint-Michel, sur laquelle roulera le train jusqu'en 1938. Quelques années plus tard, les images du Mont sous l'Occupation font penser à ces dystopies où l'on voit flotter des dirigeables dernier cri au-dessus de la silhouette familière des gratte-ciel de New York. Dans un autre univers, qui ressemble presque en tout point à celui-ci, des hommes ont arboré la croix gammée, ils ont rempli des wagons à bestiaux d'hommes, de femmes et d'enfants épouvantés, ils ont construit des camps grands comme des villes où les fours brûlaient nuit et jour. Ils ont piétiné l'Europe, pris le Mont, occupé l'abbaye.

Dans la baie s'élevait une forêt de pieux plantés dans la vase pour empêcher les bateaux d'y naviguer. On les surnommait avec dérision les asperges de Rommel. On pourrait croire que cette occupation ressemblait à celle d'une place forte ou d'une position stratégique à défendre, avec des vigiles, des tours de ronde, des gardes à tous les coins de rue. Il n'en était rien. Le boulanger a continué de cuire son pain, la Mère Poulard de fouetter ses œufs; les touristes étaient peut-être un peu moins nombreux, quoique cela n'est pas sûr. Pour l'essentiel, rien n'avait changé, et l'on ne peut s'empêcher de penser que le plus atroce n'était pas l'aberration des convois de la mort, des fours à gaz, des illuminés et des sadiques : le plus atroce, c'était cette normalité tranquille des bonnes gens mangeant leur omelette au milieu de l'horreur.

———◦———

La digue conduit aujourd'hui à un grand parking au pied des remparts. Une nouvelle armée, toute de métal et de chrome, assiège l'abbaye. Du matin au soir, les autobus s'y alignent en rangs serrés, luisants sous le soleil. On s'affaire depuis quelques années à organiser le démantèlement de cette digue responsable de l'ensablement de la baie, qui sera remplacée par une passerelle sur pilotis laissant librement circuler l'eau. Après cent cinquante ans, le Mont-Saint-Michel redeviendra une île. Une nouvelle fois, il aura repoussé les envahisseurs.

———◄○►———

La silhouette du Mont telle qu'on la connaît aujourd'hui date de 1898, lorsque l'abbaye fut coiffée de la flèche sur laquelle se dresse l'archange Michel terrassant le dragon de l'Apocalypse.

Cette statue est l'œuvre d'Emmanuel Frémiet, qui apprit les rouages de son métier aux sinistres ateliers de la Morgue, où les peintres étaient notamment responsables de retoucher les cadavres présentant des taches de décomposition ou d'autres défauts qui auraient pu être choquants à l'œil. Cela dit, Frémiet est surtout connu pour ses sujets animaliers, parmi lesquels des bronzes des bassets de Napoléon et une curieuse statue d'un gorille enlevant une femme à demi nue, qui semble préfigurer King Kong.

La statue de l'archange réalisée pour la flèche du Mont n'a quant à elle rien que de très classique : épée levée, écu brandi devant lui, Michel, coiffé d'une couronne et vêtu d'une cotte de mailles, a le pied posé sur une manière de gros poisson figurant le dragon censé, lui, représenter le malin. J'oubliais, car elles semblent presque disparaître, effacées par le caractère réaliste de la statue : dans le dos de Michel se déploie une paire de grandes ailes dorées.

Nous en avons appris davantage par bribes auprès des enfants. Ils sont pour la majorité âgés d'une dizaine d'années. Le plus jeune semble avoir à peine six ou sept ans. Les premiers sont partis d'Allemagne, dans les environs de Thuringe. Leur nombre a grandi au fur et à mesure qu'ils avançaient, comme une boule de neige grossit en roulant. Plusieurs ignoraient vers quoi ils marchaient. D'autres avaient un si farouche désir de voir l'archange Michel qu'ils s'étaient enfuis malgré l'interdiction de leurs parents. L'un des plus petits était sorti par la fenêtre de sa chambre à la nuit tombée pour rejoindre les autres. On raconte qu'un nouveau-né avait supplié sa mère de le laisser partir et qu'elle avait été si étonnée de l'entendre parler qu'elle l'avait laissé tomber par terre. Les enfants marchaient du matin au soir, en direction du soleil couchant. Certains scandaient :

« In Gottes Namen fahren wir,

Zu Sankt Michael wollen wir ! »

La plupart ne disaient rien.

À la fin du jour, la lumière se fait rare dans le scriptorium. Nous labourons comme des ombres parmi les ombres, capuchon relevé. Parfois je m'arrête le temps d'écouter le grattement des plumes sur le vélin en tentant d'imaginer les oiseaux auxquels on a arraché ces pennes et les veaux morts dans le ventre de la vache, écorchés pour qu'on puisse écrire sur leur peau, et je m'étonne que de tant de mort puisse jaillir quelque chose qui ressemble à la vie. Devant moi, sur la surface blanche, les lettres apparaissent une à une, comme des poissons ramenés des profondeurs.

Le frère Louis pince encore les lèvres quand je m'assois à ma table pour prendre la plume et je ne sais trop si c'est signe qu'il réprouve ma présence dans le scriptorium ou qu'il juge que le livre que je m'affaire à copier ne mérite pas d'être ainsi dédoublé. Mais il est vrai qu'il n'a pas à choisir et que sa désapprobation est sans doute bien assez grande pour nous envelopper tous les deux, le codex et moi.

Il paraît néanmoins s'habituer à ce que je travaille à ses côtés. Ce matin, il m'a fait admirer dans un ouvrage qu'il consultait une page où l'on voyait deux animaux à corps de cheval, chacun une corne au front, qui semblaient s'affronter.

« J'ignorais que les licornes se battaient », ai-je dit.

Il m'a regardé avec un mélange de dédain et de pitié.

« Ce ne sont pas des licornes, a-t-il rétorqué comme une évidence, mais des monocéros, autrement plus massifs et plus belliqueux. »

Il est vrai que les bêtes avaient le poitrail plus fort que celui qu'on voit habituellement aux licornes. Mais tout de même, comment pouvait-il faire la différence? Quand je lui ai posé la question, le dédain a disparu de son regard, où je ne lisais plus que de la pitié:

«Cela est écrit.»

Il y avait entre les pages de cet ouvrage tous les animaux de la création et bien d'autres encore: belettes, baleines, basilicoqs, centaures, civettes et caladrius. Je croyais parfois reconnaître une bête ou un oiseau, le frère Louis me reprenait rapidement quand je me trompais.

Je me suis arrêté sur une vaste scène montrant des dizaines de volatiles de différentes tailles et couleurs, assemblés autour d'un puits. Parmi ceux dessinés avec moult détails, l'un des plus grands avait au bec un objet formant un demi-cercle. Remarquant que je l'étudiais, le frère Louis a annoncé:

«C'est l'autruche.

— Où est-ce écrit? ai-je cette fois demandé, ne voyant de lettres nulle part sur cette page ni sur la voisine.

— Ce n'est pas écrit. Mais elle tient en son bec un fer à cheval.»

Devant mon air perplexe, il a expliqué:

«L'autruche, c'est connu, a un estomac de plomb et elle peut avaler n'importe quoi, raison pour laquelle on la représente le plus souvent avec, au bec, un fer à cheval.»

J'ai levé les yeux, songeur. Ainsi, pour entendre les livres, il ne suffisait pas de savoir déchiffrer les lettres, il fallait aussi savoir lire ce qui n'était pas écrit.

Ce matin, il m'a fait admirer les lettrines d'un vieil ouvrage intitulé *Moralia in Job,* en m'en indiquant les particularités.

« Les moines de ce temps-là avaient le respect des textes sacrés, a-t-il sifflé. Ce n'est plus comme aujourd'hui, alors que n'importe qui se prétend copiste et que les ateliers des villes regorgent de mauvais peintres barbouillant des scénettes là où l'on devrait lire les Saintes Écritures. »

Il ne semblait pas se rendre compte que j'étais justement l'un de ces peintres, ou bien il ne se souciait guère de me froisser.

« Celles-ci ont été inventées au Mont à l'époque où les livres étaient encore des livres et non des peinturlurages criards », m'a-t-il dit, avant de me montrer un grand P remarquable faisant presque la hauteur d'une page.

Je l'ai regardé, incrédule.

« Les moines ont créé leur propre alphabet ? »

Il a failli sourire.

« Non pas leur alphabet, mais la façon de le tracer, qui était propre à certaines régions, ou même, comme ici, à des abbayes. Ces lettres sont montoises.

« Vois : le contour en est droit et maîtrisé, m'a-t-il fait observer, et cela était vrai. On y retrouve de riches entrelacs, qui sont d'antique tradition au Mont, et puis des acanthes. »

Devant ma mine perplexe, il a patiemment expliqué :

« Des tigelles d'où jaillissent les feuilles, les fleurs et les fruits, qui poussent à partir de la grand-tige. Enfin, parmi ces branches se cachent des êtres animés. »

Il y avait en effet, dans la tête de ce P, un homme armé d'une hache qui menaçait un fauve. Celui-ci, gueule béante, cherchait à mordre les feuilles. La majeure partie de la lettre était d'une riche teinte de bleu ourlée de rouge et ornée de vert. Quelques détails étaient tracés en bistre ou en lilas, que l'on n'apercevait que lorsqu'on s'avisait d'étudier la lettrine avec attention. L'ensemble était non seulement harmonieux, mais singulièrement évocateur.

« Qui a fait cela ? » ai-je demandé, admiratif.

Le bibliothécaire a haussé les épaules.

« Nous ne le savons plus. Ce livre date de plus de cinq siècles. Il y a bien longtemps que ce frère n'est plus parmi nous, et l'on a oublié son nom.

— Il ne figure donc nulle part ?

— Non. Il n'est pas bon pour un moine de trop s'attacher aux fruits de son travail. Tu sais ce que dit la Règle. »

Réalisant qu'il ne parlait pas à un moinillon mais à un homme qui ne la connaissait pas comme lui, il a cité de mémoire :

« *Il peut arriver ceci : un frère artisan se croit grand parce qu'il fait bien son métier. Il pense qu'il rapporte quelque chose au monastère. Alors on lui enlèvera ce travail.* »

Je l'ai regardé sans comprendre. J'ai fini par demander :

« Mais, mon père, pourquoi lui enlèverait-on son travail, s'il y excelle pour la gloire du monastère ?

— Pour plusieurs raisons dont chacune serait suffisante en elle-même. D'abord parce qu'il contrevient à la première règle, qui est d'être humble. Nul ne doit s'imaginer qu'il a quelque valeur hormis celle qui lui est prêtée par Notre-Seigneur tout-puissant. Et parce qu'il trahit aussi son vœu de pauvreté.»

Je comprenais de moins en moins, comme c'était souvent le cas avec ces moines qui m'embrouillaient en voulant m'éclairer.

«Mais pourtant ce frère ne vend pas le fruit de son travail…, ai-je encore tenté.

— Non, mais il croit que ce travail lui appartient en propre, alors que nul ne doit posséder quoi que ce soit qui n'appartienne aussi à ses frères.

— Pas même un talent.

— Surtout pas. La règle ne dit pas qu'il faut être humble, mais qu'on doit le devenir. Cela signifie que chaque jour doit être employé à tuer en soi l'orgueil, et à en fuir les causes.

— Et ainsi, il reste toujours quelque chose à tuer. Et quelque chose à fuir», ai-je dit à mi-voix, de sorte que je ne sais pas si mes paroles lui ont échappé ou s'il a simplement choisi de les ignorer.

Tournant avec précaution les feuillets épais, il admirait toujours les exquises marginalia qui n'avaient rien perdu de leur éclat en cinq siècles. Le moine qui les avait faites était mort, effacé à jamais, mais les images continuaient de s'animer sous les yeux et les doigts d'un frère inconnu. Ce dessin sur la page était étranger à l'orgueil, il ne connaissait que la couleur.

Sur la plage, au pied du roc, deux enfants regardent l'immensité grise, tentant de distinguer dans le lointain où finit la mer et où commence le ciel. La frontière est invisible et partout. Arrivés quelques jours plus tôt, ils doivent repartir le lendemain.

« Comment se fait-il, demande le plus petit en scrutant l'eau, que l'on ne voie jamais ces serpents de mer dont parlent les marins ? »

Le père de celui-là a été pêcheur, et amateur de légendes, avant de mourir bêtement de la vérole.

« Ils se tiennent tout au bord de la mer pour précipiter dans le vide les navires imprudents », explique le plus grand.

Le petit frissonne.

« Et les poulpes géants, et les licornes de mer ?

— Les licornes vivent près des îles. Les poulpes, peut-être bien qu'ils n'existent pas.

— Oh. »

Il aurait aimé voir ces étranges créatures marines, mais est presque aussi heureux de pouvoir se les imaginer, debout, les pieds dans l'eau, à l'ombre de la forteresse de pierre qu'ils ont mis cent jours à atteindre. Elle non plus, ils n'étaient pas sûrs qu'elle existait, avant d'y arriver.

Quelquefois, point n'est besoin de croire, il suffit de continuer à marcher.

———◦———

Ils avaient traversé des pays, des forêts, des villages. Le plus petit n'avait plus de famille. Le jour où il avait pris la route, il avait quitté un fermier et sa femme qui lui consentaient le couvert et le gîte – un gruel froid dans un fenil plein de courants d'air – en échange de son travail aux champs. Il n'avait jamais repensé à eux, mais les vaches lui manquaient.

Le plus vieux était en fait le plus jeune d'une fratrie de voyous vivant en ville avec leur mère malade. Il avait tôt appris à voler et à mentir. Lui aussi était parti le cœur léger quand il avait vu passer un groupe de gamins qui s'en allaient rendre visite à un ange au milieu de l'eau. Il avait toujours rêvé de voir la mer.

Ils étaient devenus amis très vite, sans paroles. Le grand aidait le petit à franchir les passages difficiles, le petit montrait au grand quelles feuilles se mangent. Ils s'appelaient le premier Andreas et le second Casimir. Casimir depuis quelques jours toussait tant qu'il devait parfois s'arrêter pour reprendre son souffle. Andreas s'arrêtait aussi et, ne sachant rien faire d'autre, priait à voix basse.

Le petit ce soir-là a perdu connaissance et a été emmené à l'infirmerie sur-le-champ. Par la mince fenêtre, il a cherché à apercevoir la statue de l'ange, mais ne voyait que les nuages qui se formaient, dessinant des serpents et des chevaux ailés, pour se défaire et s'évanouir aussitôt, et puis les étoiles se sont mises à tournoyer dans l'obscurité. Il lui semblait voir danser des poissons étincelants dans le ciel nocturne. Bientôt, épuisé, il a cessé d'ouvrir les yeux.

Cape Elizabeth à nouveau, nous passons nos journées sur une plage de sable blond, déserte, toute proche de l'île Richmond que l'on voit se profiler depuis le rivage. Cet immense territoire quasi sauvage appartient à la même richissime famille depuis le XIXe siècle ; on y trouve quelques demeures somptueuses, des étables et des granges disséminées, des champs, des prairies et des forêts, plusieurs étangs, un cimetière que je n'ai jamais vu. Nous croisons à la tombée du jour des cerfs, un lapin qui nous guette quand nous entrons à la maison, tandis que dans l'herbe haute se dandinent des familles de dindes et des faisans. Un porc-épic fait le dos rond. On voit s'envoler des canards et des oies. Ces terres sont pareilles à ce qu'elles étaient il y a cent cinquante ans, indifférentes à notre présence. Les bêtes nous y tolèrent parce que nous sommes des invités pas trop gênants.

Sur la plage, on ramasse des *sand dollars* par dizaines, petits disques pâles et rugueux marqués au sceau d'une étoile dont je croyais dur comme fer, quand j'étais enfant, que c'était la monnaie des sirènes. De l'eau jusqu'aux genoux, je me penche et me relève avec, à la main, un coquillage en colimaçon plus gros que le poing, délavé, blanc et lilas. Autour de mes orteils, une coquille pointue et brunâtre se déplace légèrement, se soulève, part en vitesse, puis une deuxième, et une autre encore. Bientôt, ce sont des dizaines de bernard-l'hermite qui se hâtent en silence dans le courant.

Cette longue plage déserte est formée de deux parties séparées par une pointe d'où part une jetée de pierres menant à l'île où paissent des moutons. Sur le document qu'on nous remet à notre arrivée à la maison que nous avons louée, on explique qu'il est permis de se rendre jusqu'à l'île en bateau, et même d'y planter sa tente, mais qu'il est interdit d'y cueillir quoi que ce soit et d'y faire du feu; on termine par cette injonction: *Please do not harass the sheep.* Ces moutons que nul ne doit harceler ont l'une des plus belles vues de la côte Est.

Impassible quand je lui présente d'énormes coquilles de moules pourpres à l'intérieur de nacre, des palourdes grandes comme la main, des chapelets d'algues vertes, ma fille s'extasie en découvrant, dans l'herbe jaunie, la plus petite des brindilles, une feuille morte, une deuxième feuille morte. Elle passe des heures sur la plage à remplir et vider son seau. Les grains sont fins comme la poudre dans un sablier, d'un blond cendré, poussière de lune. Je me rends compte que c'est la maison que je voudrais lui donner: un château de sable.

On arrive à la plage au terme d'un labyrinthe dans la forêt sillonnée d'étroites routes en terre creusées d'ornières; l'une traverse un bois de pins à l'odeur de romarin; une autre, des bosquets de fougères dentelées que percent des lames de soleil. Un instant, on longe un grand étang où des canards et des oies flottent parmi les nénuphars; ailleurs, on découvre les restes d'un verger où les chevreuils, au crépuscule, croquent les pommes à même les arbres. Dans un champ, au milieu de l'herbe longue, repose une chaloupe immobile, ouverte sur le ciel. Et puis au terme du labyrinthe dans la forêt débute un chemin de lattes grises posées au-dessus d'un marais. On marche à hauteur de quenouilles parmi les libellules et le chant des cigales, on traverse une longue tonnelle verte, les dunes commencent, les lattes grimpent et semblent s'arrêter à mi-ciel. Au-delà, c'est la mer. C'est là, précisément là, que je veux vivre.

Voulant écrire cette phrase, j'ai par erreur d'abord écrit *dire* plutôt que *vivre,* et c'est vrai aussi.

———◊———

Le mot *roman* vient du nom donné à la langue romane, dérivée de la langue d'oïl parlée par le peuple, qu'au Moyen-Âge on opposait au latin, langue de la science et des élites. On parlait de Dieu en latin, de l'amour on parlait en roman. Il était le langage des berceuses, des rires et des secrets. Il l'est toujours.

On dit du roman qu'il s'agissait d'une langue «naturelle», ce qui rappelle la langue adamique postulée par certains. Il y aurait donc des langues qui viennent du dehors (le grec, le latin, dictés par Dieu) et une autre, innée, que l'on n'a pas besoin d'apprendre. Des langues descendues du ciel, une langue issue de la terre – *Adam,* en hébreu, signifie «argile».

Et pourtant le roman en tant que forme littéraire n'existe véritablement que depuis le XVIe siècle. Il est né avec Don Quichotte. Il aurait pu mourir là que nous n'aurions pas énormément perdu au change, tant cette première œuvre est totale, absolue. Mais, étrangement, ce premier roman est aussi déjà une sorte de mise en abyme, puisqu'il raconte les aventures d'un vieil homme de la Mancha qui, la tête farcie d'exploits mythiques pour avoir lu trop de récits de chevalerie, finit par se prendre lui-même pour un chevalier. Il se coiffe d'une salade rouillée, enfourche une jument étique et part combattre les moulins à vent pour les beaux yeux d'une fille de joie. C'est l'histoire d'un homme dont le malheur vient d'avoir cru ce qu'il lisait dans les livres.

Cervantes et Shakespeare ne se sont jamais rencontrés, mais ils sont tous deux morts le 23 avril 1616. Pour cette raison, on a décrété que le 23 avril serait la Journée mondiale du livre. On oubliait que l'Espagne du début du XVIIᵉ siècle avait déjà adopté le calendrier grégorien, alors que l'Angleterre utilisait toujours le calendrier julien. Les deux plus grands écrivains à avoir jamais vu le jour sont donc bien morts à la même date, mais à dix jours d'intervalle. On pourrait appeler cela un problème de traduction.

Longtemps j'ai cherché à comprendre pourquoi le Mont-Saint-Michel m'avait fait si forte impression. Bien sûr, il est majestueux, souverain, grandiose ; mais pourquoi la découverte était-elle liée dans mon esprit au besoin ou, plus exactement, à la possibilité d'écrire ? (C'est au cours de ce premier voyage que, avec mon argent de poche, je me suis acheté un calepin que j'ai entrepris de noircir avec acharnement.) C'est que j'étais, pour la première fois, arrivée au pays des livres. Il existait. Je pouvais y vivre.

Je pourrais passer des années à explorer les quelques ruelles du Mont-Saint-Michel que je ne commencerais pas à saisir le mystère de la première pierre. Peut-être la solution réside-t-elle là : trouver cette première pierre, la fracasser pour pouvoir regarder dedans, jusqu'au début des âges. En attendant, des hommes il y a mille ans ont construit de la dentelle dans du granit pour grimper jusqu'à Dieu. D'autres sont venus au pied de l'église bâtir leur village, élever leurs enfants, enterrer leurs morts.

Il me semble que ce lieu me hurle quelque chose que je ne comprends pas. Que j'y ai vécu dans une autre vie ou que je le ferai dans une prochaine, que j'aurais dû me faire moniale et y vivre celle-ci ; que j'ai déjà été copiste, pèlerin, cheval qui galope moins vite que la marée, ermite, pêcheur de coques, marin ensablé, Mère Poulard, évêque au crâne percé, archange ou taureau enchaîné à un poteau, allez savoir.

<hr />

On ne devient pas moine au XVᵉ siècle pour les mêmes raisons qui font qu'on entre dans les ordres aujourd'hui. La décision avait à l'époque un caractère social, culturel, économique et politique, alors qu'elle procède maintenant essentiellement d'un choix personnel. Jadis, les cadets de famille qui savaient qu'ils ne recevraient pas d'héritage, et dont les aînés avaient pris les armes pour se mettre au service de leur roi, de leur duc ou de leur seigneur, se faisaient religieux. C'était en outre un moyen comme un autre de vivre confortablement en exerçant une influence parfois importante, tout en gagnant son ciel et, le cas échéant, celui de ses proches – épouses et enfants y compris, car il arrivait que les vœux de chasteté et de pauvreté fussent entendus dans une acception plutôt large.

Mais les raisons pour lesquelles on entreprend un pèlerinage, elles, n'ont pas changé : espoir et désespoir. Depuis mille ans, on se met en marche pour fuir ou trouver quelque chose. (Par *quelque chose,* il faut entendre autant la consolation, l'illumination, la paix que Dieu ou soi-même.) Pour avancer vers un but, quelque éloigné et inaccessible qu'il soit – et à plus forte raison s'il est éloigné et inaccessible. Pour imposer à soi et à sa foi une épreuve tangible, celle de la distance parcourue, de la souffrance et du froid. Pour que la douleur l'emporte sur le doute. Pour prier autrement qu'avec les lèvres, pour que le corps tout entier – pieds meurtris, mains sales, jambes fatiguées, cœur qui bat dans les veines – devienne machine à prière. .

On s'imagine que les monastères sont construits dans des lieux isolés et difficiles d'accès pour éloigner les moines des distractions et des tentations du monde, mais si ce n'était là qu'une raison accessoire ? Si on les bâtissait au sommet de pitons abrupts, au fond de cavernes creusées à flanc de montagne ou, comme ici, au milieu de la mer, d'abord et avant tout pour éprouver la foi des pèlerins ? Car celui qui bâtit un tel sanctuaire ne construit pas un lieu – une destination –, mais trace la route qui y mène. Le monastère n'est pas le but, comme on pourrait le croire, mais une simple étape qui marque la mi-chemin, puisque aussitôt arrivé il faut en repartir (à moins de se faire moine soi-même, ou d'y mourir). Il faut franchir à rebours les mêmes obstacles, mais qui présentent cette fois un risque supplémentaire : aux dangers que posent les parois escarpées ou les sables mouvants, il faut maintenant ajouter l'ennui. Le chemin n'est plus neuf. On n'est plus tendu par le désir d'atteindre le lieu saint, on le laisse derrière soi. Comment repart-on du Mont ?

Alors que les pèlerins de Saint-Jacques-de-Compostelle portent fièrement la coquille Saint-Jacques bombée et striée, pleine comme une lune, ceux de Saint-Michel se contentent de l'humble patelle en forme de cône, si commune dans la région que le sable en est constellé à marée basse. Même s'il existe moult échoppes qui en font le commerce – et souvent jusque loin dans les terres –, le pèlerin doit ramasser lui-même sa coquille ; elle est la marque et le signe de son voyage. Une fois le Mont atteint puis quitté, il emporte avec lui : un morceau de calcaire chantourné, petite cathédrale qui sent l'iode et où l'on entend le murmure de la mer.

Peut-être suis-je puni pour avoir voulu représenter la vie – péché d'idolâtrie doublé de celui d'orgueil. Tels les Hébreux pétris d'arrogance se prosternant devant le veau d'or qu'ils avaient façonné. Cela m'est apparu ce matin comme une évidence. Seul un fou peut vouloir regarder le Soleil dans les yeux. J'étais pis que fou : j'étais amoureux et j'étais jaloux.

On lisait cette semaine l'Exode au réfectoire. À ma demande, le frère Clément, assis à mes côtés, traduisait à mi-voix, et ses paroles se sont gravées dans ma tête :

« Tu ne feras point d'image taillée, ni de représentation quelconque des choses qui sont en haut dans les cieux, qui sont en bas sur la terre, et qui sont dans les eaux plus bas que terre. »

Que reste-t-il donc une fois cette liste écartée, si ce ne sont les créatures fabuleuses dont Anna peuplait ses tapisseries ? Elles n'appartenaient ni au royaume des cieux, ni à la terre, la plupart étaient tissues de son imagination. Ainsi, seuls ces monstres ne seraient pas une offense à Dieu ? Pourquoi donc a-t-elle été fauchée, si elle était sans péché ? N'aurait-il pas été plus juste qu'elle vive et que je meure ?

Son spectre marche encore à mes côtés. Tendant le bras, je vois l'ombre noire de sa main couchée par terre. Son silence répond à mes paroles et lorsqu'il m'arrive encore de lever les yeux vers le ciel, je n'y vois plus qu'un abîme ouvrant sa gueule bleue.

Certains hommes sont nés pour bâtir des cathédrales où célébrer Dieu, d'autres construisent des ponts afin de franchir des rivières ou écrivent des livres pour y consigner la sagesse des siècles. Tout cela est juste, sans doute. Pour ma part, j'ai voulu jeter la beauté sur un panneau de bois comme on épingle un papillon sur le tissu, sans me rendre compte que pour cela il faut d'abord le tuer.

———◄○►———

Au temps où elle venait me retrouver en cachette dans mon atelier, Anna me regardait travailler avec la même curiosité que si elle avait observé un oiseau faire un nid. Elle examinait mes poudres et mes laques, me regardait mélanger huile, jaune d'œuf et pigments pour arriver à la teinte désirée, sans me poser de questions mais en guettant chacun de mes gestes.

« Pourquoi est-ce que cela t'intéresse tant ? lui avais-je demandé un jour.

— Parce que c'est ce que tu aimes. »

Et puis, comme elle-même aimait souvent les mots plus que les choses, elle s'était mis en tête de rebaptiser les couleurs au fur et à mesure que je les étendais sur ma palette. Ses préférées avaient pour noms *sauterelle, mie de pain, foie, aigrette, gencive, quenouille, crépuscule*.

Depuis des mois je ne suis plus entouré que de gris, et cette grisaille n'a pas de nom.

Ce que je sais des mots, c'est elle qui me l'a appris. Elle les collectionnait, certains pour leur sonorité et certains pour leur signification, comme on ramasse des cailloux tantôt pour leurs couleurs et tantôt parce qu'ils sont doux dans la main.

La meilleure part des mots que je connais et grâce auxquels j'arrive tant bien que mal à nommer le monde qui m'entoure, je la lui dois. On ne m'a pas envoyé à l'école, et jamais on ne m'avait jugé digne de tenir une conversation sur quelque sujet sérieux. Mais Anna en me faisant la lecture ne me racontait pas simplement une histoire avec des mots, elle racontait aussi l'histoire de ces mots, comme s'ils avaient été les personnages d'un conte : d'où ils venaient, comment ils se déclinaient, quelle était leur famille, comment ils étaient arrivés là où elle les avait trouvés. Ces mots nouveaux, je me plaisais à les répéter. Aujourd'hui encore, quand il m'en vient un aux lèvres, pendant un instant j'ai l'impression de la retrouver.

Quelquefois, elle m'a demandé si je souhaitais apprendre à lire. Je lui disais non : je ne suis pas assez savant, je suis trop paresseux. La vérité, c'est que je voulais que les mots restent à elle pour ne pas me priver du plaisir que j'éprouvais quand elle me les donnait.

Cet après-midi, deux troncs entiers brûlaient dans l'immense cheminée, mais j'avais tout de même les doigts raidis par le froid. De temps en temps, je me levais pour marcher un peu, en tapant des pieds, frappant mes mains l'une contre l'autre, soufflant dans mes paumes que je tendais aux flammes jusqu'à ce qu'elles se mettent à picoter, après quoi je revenais à ma place. Nous n'étions que trois à travailler par ces journées de grand froid. Le frère David, arrivé quelques mois plus tôt de l'abbaye de Poblet, en pays espagnol, prenait des notes en vue d'une traduction dont on l'avait chargé là-bas. Colin pour sa part était occupé à copier un ouvrage si vieux qu'il avait manqué tomber en poussière quand il avait dû en tourner une page la dernière fois. Depuis, il se hâtait, et les caractères qu'il traçait sur le parchemin n'étaient plus aussi réguliers.

Le frère Louis était assis à quelque distance, près des grandes armoires qui renferment les volumes et dont seuls lui et Robert ont la clef. Je ne sais s'il est habituel que les ouvrages soient ainsi gardés dans la pièce où l'on travaille, mais je suis parfois gêné à l'idée de leur présence. Comme dans l'ossuaire, entouré des crânes des moines disparus, j'ai l'impression d'être observé.

Robert est venu constater l'avancement de mon travail, et j'en ai profité pour lui poser une question qui m'occupait depuis un moment sans que j'arrive à la formuler.

«Tu m'as dit l'autre jour que ce texte d'Aristarque de Samos ne nous disait pas grand-chose sur le monde, mais beaucoup sur nous..., ai-je commencé.

— Ce n'est pas tout à fait cela que j'ai dit.

— Mais...

— J'ai dit que le fait de ne pouvoir dire s'il renfermait vérité ou mensonge nous en disait peu sur lui et beaucoup sur nous. La bougie ne s'éclaire pas elle-même : sa lumière révèle ce qui se trouve autour d'elle.

— Très bien, ai-je repris, déterminé à lui faire l'interrogation qui s'était formée dans mon esprit au cours de ces heures où je transcrivais l'ouvrage. Qu'en est-il alors de cet autre livre que tu as présenté au vicaire Thibaud, celui qui raconte le faux pèlerinage de Charlemagne ?»

Il a eu ce sourire qui lui est habituel quand il se propose de répondre à une question par une autre.

«Comment peux-tu dire que ce n'est pas plutôt le vrai pèlerinage d'un faux Charlemagne ? a-t-il demandé.

— Justement, je ne sais pas. Ce livre-là, qui ne prétend pas même dire la vérité, que nous apprend-il sur le monde – ou sur nous ?»

Robert est resté un instant silencieux, et puis il a dit :

«Sur le monde tel qu'il est, pas grand-chose, peut-être. Mais sur nous, il dit une chose d'une grande importance, et la dit sans la dire, mais en la démontrant, puisqu'il en est lui-même la preuve : les mathématiques, la philosophie, la foi même – et ce disant il s'est signé, ce qu'il ne faisait pas souvent, aussi ce geste m'a frappé – ne suffisent pas à l'homme. »

Il avait raison mais, ma vie en eût-elle dépendu, je n'aurais su ce qui manquait à sa liste où figuraient l'utile, le vrai et le divin. Il a détourné le regard et j'ai cru que lui non plus n'avait pas la réponse ou qu'en tout cas il ne me la dirait pas. Mais à ce moment il a soufflé :

« Il ne nous suffit point d'apprendre, de savoir et de croire. Il nous faut encore à inventer. »

J'avais posé ma plume pour l'écouter, je regardais distraitement devant moi les godets dans lesquels dormaient les encres auxquelles on avait mélangé les poudres que l'on conserve au Mont dans des coquillages. Nous sommes restés silencieux un moment puis, montrant ces encres, il a repris :

« Elles semblent toutes noires, n'est-ce pas ? »

C'était vrai : malgré les larges fenêtres circulaires, une fois midi passé, il n'y a plus de vraie clarté dans la grande salle et les encres paraissaient toutes fuyantes et obscures.

« Ce n'est qu'après y avoir trempé la plume et déposé la pointe sur le parchemin qu'apparaissent le rouge, l'émeraude ou le bleu qui y étaient contenus, invisibles dans leur obscurité, comme de la nuit originelle le Créateur tira la lumière », a expliqué Robert.

Je n'ai pu m'empêcher de sourire en entendant cette réflexion. Il faut bien être moine pour trouver Dieu dans un encrier.

« Hélas, loin d'aller en s'éclaircissant, certaines choses ne font avec le temps qu'épaissir leurs mystères. Ce qu'à vingt ans on croyait savoir nous apparaît à quarante confus et brouillé, comme si la vie n'était qu'un long voyage dans une forêt où le chemin, d'abord nettement tracé, s'estompe peu à peu avant que de se diviser, de se mettre à décrire des boucles et des méandres, de s'effacer tout à fait pour réapparaître là où on ne le cherchait pas, double, cette fois, les deux voies s'écartant progressivement l'une de l'autre, chacune se démultipliant en cent embranchements, comme les branches maîtresses d'un arbre se scindent jusqu'à devenir des rameaux si fragiles qu'ils ne supportent plus le poids d'un oiseau — et tout ce temps la lumière va déclinant. »

Il s'est interrompu pour reprendre son souffle. Je le regardais, interdit. Cette humeur sombre lui ressemblait peu, ou en tout cas ne lui ressemblait pas le fait de la partager de la sorte. Mais il continuait, d'une voix qui se cassait :

« Cela ne devrait-il pas pourtant être l'inverse ? Ne devrions-nous pas aller de l'ignorance à la connaissance et des ténèbres vers la clarté ? »

Il avait baissé le ton jusqu'à murmurer. Ses yeux à cet instant semblaient avoir véritablement perdu l'habileté de percevoir la lumière ; il avait le regard fixe des aveugles. Je n'ai pas l'habitude de ces discussions et jamais encore on ne m'avait entretenu ainsi du cours de la vie. Mais je savais bien ce que c'était que de vivre entouré d'ombres.

« Et s'il fallait justement apprendre à se passer de la lumière et à apprivoiser la nuit ? ai-je répondu après un moment. Un ami m'a dit un jour qu'il n'y avait pas d'autre secret que de rester debout et de continuer à marcher. »

Ces paroles ont paru le tirer de sa réflexion. Il m'a dévisagé comme s'il était étonné de me trouver à ses côtés et m'a fait un pauvre sourire. J'ai remarqué que des ombres se creusaient sous ses yeux, mais ce n'était peut-être que le fait du jour qui continuait de baisser. Il se tenait légèrement voûté, les mains sur le ventre comme un homme qui a mal. Regardant sur le parchemin devant moi les lignes nouvelles inscrites entre les lignes anciennes, je me suis demandé s'il n'existait pas, depuis le début des temps, qu'un seul livre, auquel nous travaillons tous à notre insu.

Quand Robert est parti, son pas sur les dalles était aussi léger que celui d'un oiseau.

<hr />

Cette nuit, nous avons été réveillés par un orage d'une violence telle que je n'en avais jamais connu. La pluie tombait en rideaux noirs que trouaient les éclairs. Des vagues hautes comme des murs venaient battre le bas des remparts et de partout on entendait hurler le vent. Les moines priaient en silence à la lueur des chandelles. Et puis de nouveau la foudre a frappé l'église – la partie neuve, encore inachevée, mais sans y briser la moindre pierre. Les moines y voient un signe de la protection de l'archange Michel, messager entre le ciel et la terre, dans ce sanctuaire qui porte son nom. Pour moi, je ne sais trop. Mais je me suis rendu compte pendant la tempête que je ne redoute point l'éclair ; c'est la pluie qui m'alarme, ces milliers de doigts qui claquent tous en même temps et dont le tonnerre se fait l'écho. Je ne crains pas le feu, mais j'ai peur de l'eau.

Les pastoureaux sont repartis aujourd'hui comme une nuée de moineaux. C'étaient des petits adultes qui étaient arrivés, ce sont des enfants qui s'en vont. Peut-être faut-il voir là un miracle de l'ange à qui ils sont venus rendre visite. Deux seulement restent derrière : un petit nommé Andreas, qui en veille un plus petit encore, du nom de Casimir, en proie à la fièvre depuis leur arrivée, et qu'on a installé à l'infirmerie où je vais le voir presque tous les jours.

L'enfant livré au sommeil parle en rêve une langue inventée, remue les bras et les jambes comme s'il nageait. Chaque fois qu'il se dégage de sa couverture, je la lui remonte sous le menton. Pendant quelques minutes, il s'apaise. Sa poitrine s'élève et s'abaisse régulièrement. Et puis la vague revient le balayer. Il s'agite à nouveau, se débattant contre des monstres invisibles, son front se couvre de sueur. Je ne sais si je dois encore essayer de le calmer ou le réveiller. Il y a des nuits où l'on ignore d'où viendra le repos.

Aujourd'hui, pour l'apaiser, je me suis mis à chantonner à voix basse une berceuse que je dois avoir entendue petit mais dont je ne me rappelais pas avoir gardé le souvenir. La moitié des paroles m'échappaient, aussi je me contentais de fredonner la mélodie. L'enfant continuait de lutter, mais ses gestes se sont ralentis. Au bout d'un moment, il chantonnait aussi en songe. Nos deux voix s'élevaient dans la nuit. Autour de nous, les étoiles et les poissons se taisaient pour écouter. C'était peut-être leur manière de chanter.

Le vicaire est revenu hier avec son escorte ; il passera encore quelque temps au Mont, jusqu'à la nouvelle année peut-être. Depuis qu'on l'a prévenu de son arrivée, Robert semble inquiet et je comprends que deux visites si rapprochées signifient qu'on ne se fie pas à la direction qu'il donne à l'abbaye et qu'on souhaite ou bien le surveiller de plus près ou bien accumuler des preuves contre lui.

On m'a fait appeler aux appartements abbatiaux après sexte. Il y brûlait un bon feu, on avait étendu sur le sol un mélange de paille et d'herbes aromatiques qui craquaient sous le pied. Le vicaire était assis à son bureau quand je suis entré et il m'a fait signe de prendre place devant lui.

« Vous connaissez, je crois, le baron de Bourraches. »

Je ne sais comment il l'avait appris, mais il est vrai que j'avais déjà partagé sa table au temps où je travaillais à l'atelier. Il avait offert un banquet à tous ceux qui avaient mis la main à un vaste tableau le représentant en compagnie de sa femme et de ses chiens, une affaire considérable qui nous avait occupés pendant des semaines. C'était un homme qui riait haut, parlait fort et mangeait pour deux. J'ai hoché la tête.

« Vous savez peut-être que c'est un ami très précieux de notre abbé. »

Je l'ignorais. Prudent, j'ai gardé le silence. Il a continué.

« Le baron a une épouse à la fois vertueuse et fertile qui lui a donné quatre enfants. »

Je m'en souvenais, c'était une créature au visage long, aux traits malheureux et aux mains très blanches. C'était moi qui avais fait ses doigts.

« Mais le baron a aussi depuis quelque temps une jeune protégée, la nièce d'un ami, qui est particulièrement chère à son cœur. Et nous aimerions lui offrir le portrait de cette jeune dame. Nous pouvons compter sur vous ? »

Ce n'était pas vraiment une question. Et pourquoi parlait-il tout à coup au « nous » ?

« Hélas, je crains que non. »

Il a saisi une carafe de vin, a rempli deux gobelets, en a posé un devant moi. Le liquide épicé chauffait la gorge. Après des mois du vinasson coupé d'eau qu'on sert au réfectoire, j'en ai presque eu les larmes aux yeux. Le vicaire souriait avec l'air de l'homme qui comprend vos soucis, y compatit, et n'y peut rien.

« Je me suis renseigné sur vous, m'a-t-il dit comme si c'était là une faveur, et je sais que vous n'avez pas pris le pinceau depuis longtemps, mais je sais aussi que vous êtes un portraitiste de grand talent. Ne s'agit-il pas là de l'occasion parfaite de renouer avec votre art ?

— Je ne crois pas.

— Il va de soi que votre travail serait payé. Généreusement.

— Je n'ai plus guère besoin d'argent, ai-je fait remarquer.

— Oui, on dirait bien que vous avez embrassé la vie monastique… Enfin, pas tout à fait. La routine et le silence sont de bons refuges pour l'esprit affolé. Mais vous savez sûrement que votre présence ici est contraire à la règle. Vous n'avez pas prononcé vos vœux et n'avez apparemment aucun désir de le faire ; vous n'êtes pas un invité de l'abbé, mais de votre ami Robert, dont les agissements, sachez-le, suscitent des questions en haut lieu... Je suis certain que vous ne voudriez pas ajouter à ses soucis...

« Prenez quelques jours pour y songer. Reparlons-nous après-demain », a-t-il conclu, et il m'a remercié.

Je suis sorti. Il tombait dehors une pluie aussi grise que les pierres.

Je n'ai jamais vu cette jeune personne qui a pour nom Gertrude. Le vicaire s'attendait à ce que je me serve, pour faire sa ressemblance, d'un portrait miniature et d'une lettre qu'il a apportée, où l'on fait la description. C'est aussi lui qui m'a fourni couleurs, pinceaux et jusqu'au panneau de bois où je devais la peindre. Jamais il n'avait douté que j'accepterais.

Dans la lettre, on disait que la jeune fille était d'une grande beauté, blonde, le cou long, le front haut et les yeux limpides. Sur la miniature, je voyais plutôt un visage assez fade, encadré d'une chevelure châtain. Le cou n'était pas visible, les yeux paraissaient bruns, alors que la lettre disait qu'ils étaient bleus. Missive et peinture semblaient montrer deux personnes différentes, mais cela n'avait rien d'étonnant : la première donnait à voir celui qui l'avait écrite, la seconde celui qui l'avait peinte. En croyant parler des autres on ne parle jamais que de soi-même et qui pense faire le portrait d'une église ou d'une pomme se trouve encore à dessiner son propre visage sur le papier.

Tant dans la description que sur la petite peinture, cette Gertrude m'apparaissait jolie mais sotte – d'une certaine façon pis que laide : vide. Elle s'accorde sans doute à merveille avec le baron, qui aime à s'emplir la panse de vins et de cochonnailles. Une amphore creuse et une outre pleine.

L'on ne doit pas juger ainsi ceux que l'on peint, je le sais. Le portrait s'en ressentira. Robert dirait qu'il n'appartient qu'à Dieu dans son infinie sagesse de juger. Mais c'est plus fort que moi, chacun de ses traits me rappelle qu'elle n'est pas Anna, et c'est là son crime.

J'ai commencé et fini le portrait en quelques jours. Il n'est ni bon ni mauvais. Mes doigts ont repris le pinceau comme s'ils ne l'avaient jamais laissé. Habitué maintenant aux mouvements saccadés de la plume, j'ai presque honte de le dire, j'ai pris plaisir à sentir les soies glisser sur le bois lisse. Même l'odeur des pâtes était familière, c'étaient les rouges, les bleus et les jaunes de mon ancienne vie.

Dans les cuisines où je suis passé chercher l'eau et le vinaigre qui me manquaient, on s'affairait pour le repas de Noël : lapins, pintades, oies, porcelets, chapons et brochets avaient été proprement décapités, dépecés et découpés. Têtes, troncs, pattes, nageoires et queues reposaient alignés sur une grande table en bois, attendant d'être réassemblés pour donner naissance à de nouvelles créatures. Cette tâche délicate était réservée au frère Gaspard, responsable de la table de l'abbé. Alors que les moines se succédaient chaque semaine aux cuisines pour préparer les repas communs, celui-ci était depuis des années exclusivement affecté au service du supérieur de l'abbaye et de ses hôtes, qui nécessitaient une attention particulière.

Autour de lui, ses aides pétrissaient la pâte et préparaient les fumets suivant les instructions qu'il avait données. Cela fleurait le beurre, le thym, le girofle et la muscade. Les flammes rugissaient dans les grandes cheminées où l'on suspendait à rôtir les volailles embrochées cou sur cul. Une goutte glissait de temps en temps le long des oiseaux luisants de gras pour tomber dans le feu où elle disparaissait en grésillant.

D'un geste pensif, le frère Gaspard a saisi la tête du cochonnet et l'a déposée sur le corps du chapon. Elle faisait parfaitement, mais là était le problème, sans doute : le contraste n'était pas suffisant. Affaire de proportions. Ces deux-là auraient pu être cousins. Il a reposé la volaille, pris plutôt le corps froid du grand poisson, sur lequel il a ajusté la hure, tirant un peu par-devant et par-derrière, comme on essaie un chapeau. Il a souri et j'ai eu l'impression que le porcelet lui rendait son sourire tandis qu'il prenait une aiguille et du fil pour coudre avec soin le poisson-porc, groin ouvert, nageoires déployées.

—◇—

Pour la première fois en ce soir de Noël, les moines ont célébré vêpres dans la nouvelle église encore à moitié à faire. Le mur élevé à la suite de l'effondrement du plafond du chœur et qui pendant des années avait séparé celui-ci de la nef a été démantelé et l'espace apparaît en entier quand on passe la porte, ce que nous avons fait cérémonieusement, en une longue file. J'en ai eu un instant le souffle coupé : il me semblait pénétrer dans une sorte de forêt en pierre. Des piliers majestueux s'élancent, alternant avec des trouées de ciel là où seront insérés les vitraux. Pour l'instant, même si en levant les yeux on aperçoit les premières lattes blondes du plafond neuf qui sera semblable à une coque de navire renversée, on a encore malgré tout l'impression d'être à moitié dehors. Une voix s'est élevée :

« *In nomine Patris, et Filii, et Spiritus Sancti.* »

À quoi les autres ont répondu en un même murmure :

« *Amen.* »

Les paroles étaient vite emportées par les vents de la baie.

Exceptionnellement, quelques ouvriers assistaient à l'office, parmi lesquels le maître d'œuvre des dernières années, un homme long et mince qui connaissait les répons et les prononçait avec les moines. Ses hommes, assis derrière, gardaient le silence. Ils n'étaient guère plus d'une vingtaine, mais dépassaient tout de même en nombre les religieux, qui paraissaient écrasés par la voûte immense. Tout à coup, ces hommes et ces pierres ne m'ont plus semblé si solides ; les uns comme les autres s'effondraient, se redressaient et retombaient avant de se relever encore.

◄○►

Le vicaire a paru apprécier le tableau que je lui ai apporté. Il a voulu me donner une poignée de pièces, mais j'ai refusé en lui disant que Robert saurait sans doute mieux que moi en user pour le bon fonctionnement de l'abbaye. L'air vexé, il a remis les deniers dans sa bougette sans dire un mot.

Je ne l'ai revu qu'au repas du soir, où une table somptueuse avait été dressée. Il a manifesté une admiration polie en apercevant les plateaux où étaient disposés les hybrides assemblés par le frère Gaspard et qui rappelaient les créatures fabuleuses peuplant les marges des livres de la bibliothèque. Il est tout de même étonnant que des monastères dédiés à Dieu et à la divine connaissance abritent tant de monstres et dans leurs livres et dans leurs plats.

Près de lui, le frère Maximilien plissait les lèvres. Il refusait de toucher à ces créations contre nature, car si le Seigneur dans son infinie sagesse avait voulu que les hommes mangeassent des coqs à tête de lapin et des carpes à queue de faisan, Il en aurait mis dans les lacs et les basses-cours, comme il l'a expliqué à Robert en prenant une poignée de raisins.

Après le repas, le vicaire nous a fait passer dans ce qui lui tient lieu de salon. Un feu y brûlait déjà, des sièges avaient été disposés tout autour. Le frère Louis s'est assis dès qu'on nous a invités à le faire, le frère Clément et Robert sont restés debout ; je les ai imités. Le vicaire qui avait pris un siège en même temps que le frère Maximilien, voyant qu'il devait lever les yeux pour nous parler, s'est rapidement remis debout et a entrepris de faire les cent pas entre le feu et la porte.

« Votre abbaye est magnifique, a-t-il commencé. On en parle comme d'une merveille, mais elle est plus belle que cela. »

Le frère Louis a opiné.

« Notre bibliothèque est encore l'une des plus importantes de la chrétienté, a-t-il dit, et l'on sentait que ce *encore* lui brûlait les lèvres.

— Certes, mais je voulais surtout parler de vos jardins », a repris le vicaire d'une voix égale.

Le frère Louis s'est rembruni, le frère Clément n'a pas paru entendre. Robert fixait le feu.

« Mais justement nous nous demandions, a repris le vicaire sur le ton d'un homme qui ne se demande rien puisqu'il connaît déjà la réponse à la question qu'il fait mine de poser, s'il ne vaudrait pas mieux transférer certains de vos ouvrages les plus précieux vers la bibliothèque de l'abbaye de Saint-Ouen, à Rouen. »

Le frère Louis a tressailli comme si une guêpe l'avait piqué. Le gobelet de vin qu'il tenait à la main s'est mis à trembler. Ainsi, c'est cela qui se préparait. J'aurais voulu aller chercher le portrait que je venais de donner à ce fourbe et le jeter au feu. Robert ne se retournait pas.

«L'abbaye de Saint-Ouen serait sans doute mieux à même de les protéger, continuait le vicaire. Et il y a là plusieurs moines encore jeunes, qui entendent le grec, ont la main sûre et l'œil clair. Vous avez déjà, si je ne m'abuse, perdu la moitié de vos ouvrages lors de l'effondrement de la tour nord de l'église, et il s'en est fallu de peu que l'abbaye ne soit occupée par les Anglais il y a quelques années seulement.

— Et nous l'avons farouchement gardée! l'interrompit le frère Maximilien, qui a posé son gobelet sur une table. Pas un livre n'est sorti de ces murs! Et pas un Anglais n'y a pénétré!

— Certes, a acquiescé le vicaire. Mais qui saurait protéger des ouvrages fragiles du feu, par exemple? La foudre n'a-t-elle pas déjà touché à de multiples reprises votre clocher, la dernière fois il y a quelques semaines à peine? Qui peut dire quand l'éclair frappera à nouveau? Ou la peste?»

Prononçant ce mot, il s'est signé.

J'ai tourné les yeux vers Robert, toujours immobile face au feu. Je m'attendais encore à ce qu'il intervienne avec force pour protéger cette bibliothèque à quoi il avait consacré son existence, mais il restait muet.

«Nos livres doivent rester ici, a repris le frère Louis d'une voix étouffée par l'émotion.

— *Vos* livres? a demandé le vicaire.

— Ils ont été copiés ici, par des moines qui reposent en paix sous cette terre, ou bien ils ont été offerts en cadeau à l'abbaye par des voyageurs qui nous jugeaient dignes de les bien garder. S'ils ne sont pas à nous, ils sont à saint Michel, assurément, a-t-il répondu en lançant un coup d'œil désespéré à Robert, pour le presser d'intervenir. Mais celui-ci gardait obstinément le silence.

— Tous les livres sont à Dieu, a repris le vicaire d'une voix égale, ici comme à Saint-Ouen. L'affaire est entendue, a-t-il ajouté. Je ferai demain une première sélection. »

Penché par la fenêtre du scriptorium, le frère Louis scrutait les eaux noires de la baie sous le ciel criblé d'étoiles minuscules et vacillantes.

Là, deux siècles auparavant, une centaine de volumes avaient sombré en même temps que la tour les abritant quand celle-ci s'était effondrée au milieu de la nuit. Au cours des semaines suivantes, on en avait retrouvé quelques-uns à la faveur des marées. Les pages étaient blanchies comme des squelettes de baleines, récurées par le sel. Les autres n'étaient jamais reparus. Ils avaient été avalés par l'oubli, les sables mouvants, les poulpes géants.

Parmi ces livres se trouvait le catalogue de la bibliothèque. On n'avait donc jamais pu déterminer précisément quels livres avaient été perdus, ni même le nombre exact de disparus. Certains se souvenaient d'avoir vu sur les tablettes un ouvrage dont d'autres affirmaient qu'il avait plutôt été prêté à une abbaye étrangère, ou rendu à ses propriétaires. Des volumes qui n'avaient pas été consultés depuis des années avaient été engloutis sans que personne y prît garde : ils étaient déjà morts avant que d'être noyés. Quelques-uns avaient en mémoire des livres qui ne pouvaient avoir existé, et qu'ils devaient avoir lus en rêve.

Le frère Louis avait dans les mains un lourd volume de Plutarque qu'il avait lui-même recopié plus de vingt ans auparavant. L'exemplaire ayant servi de modèle avait disparu depuis. Un autre avait été perdu lors de l'incendie de l'abbaye de Gembloux, quelque trois siècles plus tôt. À sa connaissance, il n'existait plus de copie complète de ces *Vies parallèles*. Il passa le pouce sur la couverture en cuir de chevreau, ouvrit l'ouvrage au hasard et lut une phrase à mi-voix, comme on prononce une prière. C'était l'épitaphe de Scipion, dont la vie faisait miroir à celle d'Épaminondas.

« Ingrate patrie, tu n'auras pas mes os. »

Il se pencha dans l'air froid par la fenêtre ouverte, plia le torse au-dessus de la pierre. Et puis, avec un geste de semeur fou, il jeta le livre aux vagues parmi les étoiles qui tremblaient.

Dans les eaux grises au pied du roc, il y avait une bibliothèque fantôme. Celle-là, nul ne pourrait la lui voler.

Le 24 décembre, seize heures. Dans le hall de l'auberge, on s'affaire à dresser une table de biscuits, de vin épicé et de chocolat chaud. Ma fille dort encore, ce qui explique que je puisse être ici, au coin du feu, à siroter un thé aux fleurs. Mais ce livre-ci (qui n'est pas encore un livre) ne sera pas associé pour moi à un thé, à un parfum ni à un lieu. Je l'écris à la sauvette, au hasard de ses siestes et de mes libertés provisoires. J'ai déjà dit que j'écrivais pour me perdre – c'était vrai –, mais ce livre-ci (qui ne sera peut-être jamais un livre), je l'écris aussi pour me retrouver. Pour retrouver celle qui sait écrire derrière celle qui est capable de consoler, de bercer, d'allaiter, de cajoler, de chanter, de rassurer, de nourrir et de soigner. Il est ma chambre à moi.

—◈—

Regardant il y a quelque temps une comète dans un livre, ma fille a pointé la queue dorée et proclamé : « Cheveux ». C'est aussi l'analogie que fait Michel Tournier dans *Gaspard, Melchior et Balthazar,* dont la première partie porte sur la blondeur, et le Christ, qui en est une des incarnations. Comète, du grec *komêtês* : chevelu. Apprenant et découvrant la langue, ma toute petite fille la réinvente, mais pareille.

Noël, *Natalis dies,* jour de naissance au plus noir de l'hiver : un point qui brille au milieu de la nuit.

Une étymologie apocryphe veut que le mot *Noël* vienne plutôt de *nouvelle,* et bien que fausse, cette explication a de quoi plaire – partout où l'on trouve des histoires on est en pays ami. J'apprends du même coup que le terme *bûche de Noël* n'a pas toujours désigné un gâteau, mais qu'il nommait autrefois une authentique bûche, qu'on mettait dans l'âtre au coucher du soleil et qui devait brûler la nuit entière. Ma nouvelle, mon histoire de Noël ferait pareil : elle réchaufferait jusqu'au lever du jour.

——◇——

Richement enluminés, les livres d'heures du Moyen-Âge étaient des ouvrages destinés aux laïcs et permettant de suivre la liturgie des heures, les différents offices qui jalonnaient le jour et la nuit. Un tel livre manque cruellement à notre époque : une sorte de *vade-mecum* qui nous rappellerait à tout moment comment vivre non pas heureux mais tranquille.

Quiconque est déjà devenue mère – ou peut-être parent – a connu ce renversement fondamental et irréversible : du jour au lendemain, du centre de l'univers, on passe en périphérie. Il me faut tout réapprendre, comme si je venais moi-même d'arriver au monde : comment manger, dormir, être totalement soudée à un autre être et m'en détacher petit à petit. Il n'y a plus de jours ni de nuits, qu'une étendue scandée par les heures des boires. Les premières semaines, réglée comme une horloge, ma fille se réveille deux, trois fois au cœur de la nuit (matines, laudes), je la cueille dans son berceau, nous nous asseyons ensemble dans le fauteuil en velours dans le coin de la chambre. La maison dort. Par la fenêtre, l'érable sans ses feuilles fait la vigie, le dôme d'argent de Vincent-d'Indy luit dans le noir comme une grande lune. Souvent il neige. On entend le vent gémir entre les branches.

Quand nous arrivons à Boston, la première chose que je cherche et trouve dans l'appartement, c'est un fauteuil en velours près d'une fenêtre. Il est dans la chambre en façade, nous occupons celle donnant sur l'arrière de la maison. Deux, trois fois par nuit (matines, laudes), ma fille se réveille, je la cueille et j'emporte aussi la tortue-veilleuse pour éviter d'avoir à allumer. Sur les murs et le plafond, les étoiles et la lune sursautent et chancellent au rythme de mes pas, s'immobilisent quand nous nous posons dans le fauteuil. Ici, le lourd rideau est tiré pour éviter de laisser entrer l'air froid. Ma fille boit, je rêve de mon érable.

Pendant de longs mois, je n'arrive pas à écrire une ligne. Peu à peu, comme si je réapprenais à parler, la capacité me revient de décrire les canards, les arbres, la mer, du plus simple au plus grand. Un jour, j'arrive même à lire : *Les Désarçonnés,* de Pascal Quignard, l'histoire d'hommes et de femmes tombés de cheval et dont les vies brisées se refont, un morceau à la fois. Je lis d'abord un paragraphe par jour, puis une page entière. Je ne suis toujours pas à la fin.

J'essaie de me représenter sur la palette d'Éloi les couleurs telles qu'il pouvait les voir.

Le mot *miniature* désignait à l'origine non pas un dessin ou une ornementation, mais une couleur : le rouge. Le terme vient du latin *miniare*, «enduire de minium», le cinabre. Par un processus métonymique, le contenu en est venu à désigner le contenant. Par ailleurs, *rouge* signifiait d'abord «roux», tandis que *brun* à l'origine voulait dire «brillant». *Bleu* vient de *blanc*. Avant le bas Moyen-Âge, on n'avait pas de mot pour nommer le bleu dans les langues européennes. On considérait cette teinte comme une nuance soit de blanc, soit de noir, soit de vert, selon qu'il s'agissait d'un bleu clair, d'un bleu sombre ou d'un bleu glauque. Que l'on n'ait pas su, il y a mille ans, nommer le violet, l'orange ou le rose, cela apparaît concevable : ce sont des teintes complexes qu'on ne retrouve pas si fréquemment dans la nature. Mais qu'on n'ait pas eu de nom pour l'une des trois couleurs primaires, celle qu'on associe aujourd'hui au ciel et à l'eau, a quelque chose de vertigineux. Les hommes en ce temps vivaient sous un ciel noir et pêchaient dans une mer verte des poissons blancs – ou bien ils vivaient sous un ciel vert et pêchaient dans une mer blanche des poissons noirs.

Ma fille, à qui je viens d'expliquer ce que sont les vœux du Nouvel An, m'a souhaité une lumière, une garde-robe, un arbre. Et des barreaux. Elle avait sous les yeux en le disant les barreaux de la tête de lit en métal où nous étions allongées toutes les deux pour lire des histoires – mais tout de même.

Barreaux mis à part, cette lumière et cet arbre sont sans doute les plus beaux souhaits qu'on m'ait jamais faits. J'espère qu'ils se réaliseront.

J'ai fini par trouver entre ces murs non pas la paix ni même l'apaisement qui en est une forme plus modeste, mais une sorte de calme, comme si j'étais moi-même devenu à moitié pierre. Au temps où je faisais des portraits, j'ai souvent eu l'occasion d'observer ceci : les hommes prennent naturellement les traits de ce qui les entoure. Un seigneur féru de chasse aura les narines palpitantes de ses chiens tandis que sous la peau du chirurgien barbier on devine le sang coulant dans les veines. Qui s'assemble se ressemble, et ce n'est pas sans danger que l'on fréquente les sots et les méchants.

Mais je crois que ce calme me vient aussi d'une plante que m'a offerte le frère Clément il y a quelques semaines, alors que je marchais sans but dans les allées de l'herbularius.

Occupé à tailler un buisson, il m'a salué de la tête quand je suis passé près de lui, et puis il s'est penché pour prendre dans son panier un carré de lin blanc dans lequel reposaient une poudre brunâtre et de petites fleurs blanches séchées.

« Une pincée dans de l'eau chaude avant de vous mettre au lit », m'a-t-il dit simplement.

Du mouchoir montait une odeur nauséabonde.

«Elle sent si mauvais qu'elle chasse les mauvais rêves», a-t-il ajouté en souriant.

Depuis ce jour, il est vrai que j'ai cessé de cauchemarder. Mais j'ai aussi cessé de la voir en songe et son souvenir peu à peu s'estompe dans mon esprit comme ses chairs sont en train de se dissoudre dans la terre.

———◦———

Le Mont deux fois par jour est une île. Le reste du temps, c'est un morceau de terre mal rattaché au continent, comme s'il avait pour mission de nous rappeler que tous les liens sont fragiles et éphémères. On n'est jamais si seul ni si entouré qu'on veut bien le croire. Cela m'a frappé aujourd'hui alors que je revenais d'une promenade plus longue qu'à l'habitude.

Quand on s'en approche, le village et l'abbaye ne semblent faire qu'une seule créature de pierre. Je ne sais trop pourquoi, chaque fois que je les regarde depuis la baie, je pense à un caillemasson. Il n'y a, dans ce village, qu'une seule vraie rue, pentue, menant à l'abbaye; le reste n'est que ruelles et traboules de la largeur d'un homme entre les maisons, comme autant de passages secrets. Les habitants pour la plupart font commerce avec les pèlerins à qui ils offrent des colifichets, le gîte ou le couvert. Et les moines tout en haut ne voudraient faire commerce qu'avec Dieu.

Ce matin à la basse marée, je suis sorti par la porte du Roy et j'ai marché jusqu'à voir l'abbaye toute petite, de très loin, semblable à un château de sable. Ce genre de phénomène me fascinait autrefois: cette façon qu'ont les objets de diminuer quand vous vous éloignez d'eux, la manière dont deux lignes droites suffisamment longues deviennent obliques et semblent vouloir se rejoindre sur l'horizon. Par devoir, de temps en temps je sortais en ville, m'arrêtais n'importe où et m'astreignais à dessiner ce qui était là, et non ce que je croyais voir. Parfois, je faisais ces croquis d'un seul trait, sans même baisser le regard. Quand j'en avais assez de ces exercices, je dessinais les oiseaux.

Sur le sable de la baie, un homme était occupé à pêcher des coques avec sa fille. Tous deux munis de courts râteaux, ils avaient des gestes réguliers et précis. Elle était toute jeune encore, c'était presque une enfant, mais elle aurait pu se trouver là depuis des siècles, penchée à la recherche de coquilles enfouies dans le sable. Elle ne ressemblait pas à Anna : grande et mince, elle avait des cheveux de paille et le teint bruni de ceux qui ont l'habitude du soleil. Elle a levé la tête vers moi et m'a souri. Je suis resté saisi comme si elle m'avait parlé dans une langue étrangère. J'ai pressé le pas. Mais ce sourire de jeune fille – de femme – est resté avec moi : c'est le premier que je vois depuis des mois.

En revenant, j'ai ôté mes bottes pour sentir le sable froid sous mes pieds. Il me semblait pouvoir en distinguer chacun des grains minuscules entre mes orteils. Dans le ciel tournoyaient des mouettes. Soudain la baie tout entière était vivante.

J'ai pressé le pas car la mer allait bientôt monter et Robert m'a prévenu cent fois que les marées prennent d'assaut le Mont plus vite qu'un cheval au galop. Mais à quelque distance des murailles, j'ai aperçu une petite forme penchée vers le sol qui se relevait et se mettait à courir en direction du large. Il semblait pourchasser quelque chose de blanc qui s'était envolé. Je l'ai hélé :

« Attention ! Reviens ! »

Il était trop loin et ne m'a pas entendu, ou bien il a choisi de m'ignorer et a continué sa course pour s'immobiliser et se pencher à nouveau vers le sable. Au loin je voyais miroiter l'eau. La mer serait bientôt là. Je me suis mis à courir vers l'enfant, que j'ai reconnu : c'était le compagnon du petit malade, qui passait la plus grande partie de ses journées à son chevet. De nouveau, j'ai crié, cette fois en l'appelant par son nom :

« Andreas ! Dépêche-toi de rentrer ! »

De nouveau il m'a ignoré. Il me semblait presque entendre chuinter les vagues qui continuaient d'avancer et qui auraient vite encerclé le Mont. L'enfant de surcroît se trouvait dans une zone où un homme avait perdu la vie quelques semaines auparavant et où nous voyions tous les mois s'embourber des pèlerins. Il leur fallait parfois des heures pour s'extirper de la vase qui se refermait autour d'eux, et il n'était pas rare que l'on doive ensuite dépêcher l'un ou l'autre des frères pour les diriger à travers le labyrinthe de lises et de sables mouvants qui entourent l'abbaye.

Quand j'ai rejoint Andreas, il tenait contre son cœur une liasse de feuilles gondolées où l'on devinait encore quelques lignes tracées à l'encre noire.

« Allons, on rentre ! » lui ai-je dit rudement en le saisissant par le coude.

Mais il s'est libéré et est reparti, courant droit vers le large. Il a avancé dans l'eau jusqu'aux cuisses pour tenter d'attraper une autre feuille flottant à la surface. Je l'ai suivi, trébuchant dans la mer glaciale. L'eau était trouble et l'on ne voyait pas le fond qui n'était pourtant même pas à une toise ; j'ai perdu pied, me suis retrouvé à quatre pattes dans l'eau, la bouche pleine de sable et de sel. Me relevant, j'ai repris mon équilibre et suis parvenu à le saisir à nouveau pour le tirer vers moi. Cette fois, il s'est laissé entraîner.

Serrant toujours ses feuilles contre sa poitrine, il s'est fendu d'un large sourire et m'a annoncé :

« J'ai trouvé un trésor. »

<hr />

« Une bibliothèque, vous voyez, tentait cet après-midi d'expliquer Robert au frère Clément, c'est aussi un jardin : cessez de vous en occuper et elle meurt. »

Je pense qu'il n'avait jamais eu grand conversation avec le jardinier. Celui-ci pouvait-il même comprendre une telle image ? Voulant sans doute lui présenter quelque chose qui fût davantage à sa portée, il a précisé :

« Les livres n'existent que tant qu'ils sont lus et recopiés pour aller continuer leur vie ailleurs, comme les fleurs qui répandent leurs pétales. »

Clément a souri.

« En fait, quand les fleurs perdent leurs pétales, c'est que leur vie touche à sa fin. Ce sont leurs graines qu'elles sèment à tout vent pour se reproduire. Mais j'entends ce que vous voulez dire. »

Robert s'est pris à rougir. En croyant s'adresser à un sot, on devient soi-même idiot. Mais il n'y avait pas une trace de moquerie dans la voix de Clément.

Nous étions tous trois dans le jardin. Robert avait l'habitude d'aller se recueillir dans l'église sous terre ou sur la tombe de Robert de Torigni, dont il partage le nom, mais ce jour-là il ne semblait pas y avoir trouvé réconfort et ses pas l'avaient mené jusqu'à l'herbularius, où j'étais venu quérir une infusion pour le petit malade. Le chat gris l'avait accueilli en miaulant. Dans un mortier, Clément était en train de broyer les herbes qui serviraient de remède.

Robert a repris, comme pour lui-même :

« La bibliothèque est le cœur de l'abbaye, sans elle le Mont n'est guère plus qu'un cimetière où les pèlerins viendront voir le crâne d'Aubert et toucher l'empreinte du pied de Michel, tous deux aussi morts que la pierre. Il ne suffit pas de garder précieusement enfermés les livres que nous avons réussi à sauver des siècles passés, il faudrait de nouveaux livres et, pour cela, de nouveaux scribes épris de sagesse et indifférents aux bruits du monde. Mais les moines et les peintres sont maintenant partout dans les villes. On ne compte plus les clercs dans les universités. Les abbayes sombrent lentement dans l'oubli et il y a des siècles que notre bibliothèque se meurt à petit feu.

— Il y a si longtemps qu'elle se meurt qu'on pourrait la croire immortelle », a répliqué Clément, toujours souriant.

Robert n'a pas répondu. Ils sont restés un instant silencieux. Clément continuait de broyer les herbes et les fleurs. Près de lui, le chat se roulait sur le dos. Comment pouvait-il être toujours aussi propre à se vautrer ainsi dans la saleté ? Je regardais, au-dessus de nous, cette masse de pierre construite pour abriter des hommes dont la mission était de protéger des livres. L'orgueil sans mesure de cela m'a frappé tout à coup : ce ne sont pas les ouvrages qui ont besoin de la protection des moines, ce sont les hommes qui ont besoin des livres. Nous allons mourir, les livres survivront.

Robert s'est assis aux côtés du frère Clément et a pris une pincée de poudre, qu'il a portée à son nez. Les yeux baissés, Clément lui a demandé :

« Souffrez-vous beaucoup ? »

Robert a tressailli et m'a lancé un regard. Puis il a soufflé :

« Certains jours. » Il a eu un faible sourire : « La ciguë endort un peu la douleur. »

Clément a hoché la tête.

« Je n'ai rien dit au vicaire ni à ses aides, en supposant que tel était votre souhait » ; a-t-il dit enfin.

Robert l'a remercié d'un mouvement du menton. Ma gorge s'était nouée, et je me suis éclairci la voix, mais sans arriver à prononcer une parole. À cet instant, mon ami était semblable aux quelques fleurs d'hiver qui l'entouraient : esseulé, fragile et têtu.

——◇——

Un soir, avant vêpres, il m'a accompagné au chevet du petit malade. Andreas se trouvait déjà assis près de lui, ainsi que Clément, venu lui porter sa potion du soir. Nous les avons rejoints en silence. Andreas a regardé Robert avec curiosité, a hésité un instant, puis a demandé :

« C'est vous qui gardez les livres ? »

Robert lui a souri :

« Si tu veux. »

L'enfant a sorti de derrière son dos la liasse qu'il avait récupérée dans la baie. Les feuilles avaient séché, mais même à mes yeux il était évident que la moitié du texte avait été perdue.

«J'ai trouvé celui-là. »

Robert a froncé les sourcils, tendu la main et examiné les feuilles que lui montrait Andreas.

«Où l'as-tu trouvé?

— Dans le sable.

— Où, dans le sable?

— Près des murailles. »

J'ai fait un signe de la tête pour dire que c'était vrai. Je voyais que Robert cherchait à reconnaître le texte. Il a paru y renoncer.

«Y en avait-il d'autres? a-t-il enfin demandé.

— Oh, oui! a répondu l'enfant. Mais je n'ai pas pu les ramasser, la marée a tout emporté. »

Robert a lissé les feuilles comme il aurait caressé un animal familier, puis il a remis la liasse à l'enfant en lui disant :

«Celui-là est à toi. Tu l'as sauvé. Prends-en soin maintenant. »

L'enfant a serré les feuilles contre sa poitrine, et puis il a demandé :

«Est-ce vrai qu'ils sont tous différents? »

Robert a haussé les sourcils. Suivant leur conversation plutôt distraitement, je guettais Casimir allongé, qui respirait d'un souffle léger. Les yeux de Clément allaient de Robert au garçon assis devant lui. Il semblait quant à lui vivement intéressé par leur échange.

«Les livres, a repris l'enfant. Est-ce qu'ils sont tous différents?

— Oui et non, a répondu Robert. Il y a des centaines de livres différents, écrits depuis l'Antiquité, mais de certains il existe sans doute des dizaines de copies.

— Ceux-là ont été transcrits par plusieurs dizaines de personnes à la fois?

— Non pas à la fois, a dit Robert en souriant, mais copiés et recopiés en divers lieux au fil des ans, de sorte qu'il se trouve peut-être aujourd'hui des copies de ce livre-ci à Moscou ou à Constantinople. Ou bien il se peut que tu aies la seule.»

L'enfant est resté un instant silencieux. Il avait sans doute déjà entendu ce nom de Constantinople, dont les syllabes évoquaient les guerres et le tombeau de Notre-Seigneur.

«Mais, a encore repris l'enfant, ils ne sont pas tout à fait pareils s'ils ont été copiés par plusieurs personnes à différents moments, n'est-ce pas?»

J'ai souri. Je m'étais fait la même réflexion. Cette fois, c'est Clément qui lui a répondu:

«Ce qui fait surtout qu'ils ne sont pas tous pareils, a-t-il dit doucement, c'est qu'ils sont lus par des personnes différentes à différents moments.»

L'enfant a semblé étonné, mais pas tant que Robert.

Quand nous nous sommes levés pour partir quelques minutes plus tard, Clément nous a emboîté le pas. Nos sandales résonnaient sur la pierre froide. Un vent soufflait de la mer, nous forçant à cacher les mains dans nos manteaux et à marcher le menton rentré. Pourtant, Clément nous a attirés en direction du cloître, où nous avons continué à déambuler en discutant à mi-voix.

« Avez-vous entendu parler de cet homme, en Allemagne, qui a trouvé le moyen de copier le même livre cent fois ? » a-t-il demandé.

Robert a souri.

« Est-il donc éternel ?

— Peut-être bien. »

Il a souri lui aussi pour contredire le sens de ses paroles.

« Si ce que vous dites est vrai, a dit Robert, alors il sera véritablement éternel, car l'on connaîtra encore son nom dans mille ans.

— Je connais son nom aujourd'hui : il s'appelle Johannes Gutenberg. C'est un simple orfèvre.

— Les gens racontent des sottises depuis toujours, a dit Robert. L'un prétend avoir mis au point une machine volante, l'autre un instrument qui permet de marcher au fond des mers. Fadaises. Pourquoi ce Gutenberg serait-il différent ?

— Parce qu'il a déjà réussi à faire ce qu'il dit.

— Et comment pouvez-vous en être si sûr ? ai-je demandé.

— J'ai vu ses livres. »

Je suis resté sans voix et Robert de même. Je croyais que rien ne pouvait plus le surprendre de la part de ce curieux jardinier, mais on lui aurait dit que c'était le frère Clément lui-même qui avait inventé ce procédé fabuleux qu'il n'aurait pas été plus étonné.

« J'ai tenu dans mes mains deux *Ars minor* de Donatus qu'il avait imprimés, parfaitement semblables, a expliqué Clément. Deux fois le même livre.

— Et comment s'y est-il pris ?

— À l'aide d'un instrument qui ressemble un peu à un pressoir à vin. Il y dépose une plaque de métal où est gravé le texte à reproduire, couverte d'encre. Il n'y a plus qu'à y abaisser une feuille de papier pour y imprimer le texte. »

L'explication était limpide, le procédé d'une simplicité désarmante. En fermant les yeux, je pouvais presque voir la machine. J'avais la certitude que Clément disait vrai.

« Mais, ai-je questionné, poussé par la curiosité, il doit falloir des mois pour graver ces plaques, une à la fois ? Ce doit être plus long encore que de confier le livre à un copiste ?

— Je me suis mal exprimé, a repris Clément. Le texte n'y est pas gravé : il est composé à l'aide de caractères que l'on peut soulever et déplacer tout à loisir, de sorte qu'un même ensemble de lettres permet de faire tous les livres. »

L'invention acquérait tout à coup un caractère proprement prodigieux : tous les livres contenus dans une pile de caractères en désordre – tous les livres jamais écrits, et tous ceux encore à écrire, reposant ensemble, pêle-mêle, sous les doigts de cet homme, cet Allemand.

Robert regardait dans les ténèbres devant lui sans voir. Je devinais qu'il cherchait à décider si cette nouvelle annonçait la mort de la bibliothèque ou sa renaissance. Comment faire pour vivre dans un monde où les livres se feraient sans les hommes ? Il ne lui sera sans doute pas donné de le savoir. Peut-être est-ce mieux ainsi.

« Et combien de ces grammaires existe-t-il ? » a-t-il demandé comme il se serait enquis, à qui aurait vu une licorne, du nombre de pattes qu'elle avait. Qu'il y en ait dix ou mille, cela n'avait aucune importance.

« Je ne sais pas, a répondu Clément. Je n'en ai qu'une. »

J'ai cru que j'avais mal compris. Puis je me suis dit que le frère Clément s'était encore une fois mal exprimé.

« Vous n'en avez vu qu'une ? a demandé Robert.

— J'en ai vu deux, a repris le frère Clément patiemment, mais je n'en ai qu'une. Aimeriez-vous la voir ? »

Dans sa cabane au milieu du potager, au milieu des semences, des pots, des pelles et des graines, Clément cachait une véritable bibliothèque : une douzaine d'ouvrages rangés dans un coffre en bois, enveloppés dans un drap de lin.

Il a tendu à Robert un petit volume d'allure quelconque. C'était la grammaire de Donatus. *L'une* des grammaires. Robert l'a regardée avec stupeur et me l'a prêtée. Les pages étaient fraîches sous mes doigts, les caractères parfaitement égaux. Fermant les yeux, il m'a semblé que je pouvais les deviner rien qu'en les touchant. J'ai ouvert les paupières, l'impression s'est dissipée. À côté de moi, Robert tremblait. La terre s'était mise à tournoyer sous nos pieds. Ce livre était un monstre et c'était une merveille.

Là était le véritable incendie.

L'enfant est resté à peu près inconscient, en proie à la fièvre, pendant encore plus d'une semaine. Andreas a fini par repartir lui aussi, en emportant son livre mais en laissant sa coquille de pèlerin à son ami. Vers quoi retournait-il, lui-même ne le sait sans doute pas, mais il devait se remettre à marcher.

Je passe mes jours et mes nuits au chevet du petit malade, je lui fais avaler du bouillon de poule, j'étends des compresses humides sur son front. Le frère Clément vient trois fois par jour, muni d'une tasse fumante où flottent ses herbes à l'odeur amère. Il soulève Casimir avec des gestes doux, lui fait boire la décoction, s'en retourne sans dire un mot s'occuper de ses plantes. Son chat l'accompagne quelquefois et se pelotonne aux pieds du garçonnet en ronronnant. Dans les heures qui suivent, le malade dort d'un sommeil moins agité, et il m'arrive quant à moi de fermer l'œil plus de quelques minutes. Quand l'enfant se calme, l'animal repart d'un pas silencieux.

Un soir, alors que le frère Clément venait d'entrer, le félin sur ses talons, le frère Gontier s'est présenté armé d'un bol et d'un couteau.

« Que pensiez-vous faire, mon frère? lui a demandé Clément d'un ton respectueux.

— Cet enfant ne guérira pas tant qu'on n'aura pas chassé les mauvaises humeurs qui polluent son sang », a répondu Gontier en s'agenouillant près du lit.

Le chat qui s'y était couché s'est levé, mais il n'est pas parti. Il s'est contenté de tourner la tête vers son maître, yeux mi-clos.

D'un même mouvement, Clément et moi nous sommes mis entre la lame et l'enfant.

« Vous êtes bien bon de vous préoccuper de sa santé, vous qui avez tant à faire, a dit Clément. Mais je suis sûr que des tâches plus importantes vous réclament. »

Prononçant ces paroles, il n'a pas bougé d'un iota.

« Je sais bien que vous prétendez le soigner avec vos herbes, a rétorqué Gontier en regardant le bol où restait un fond de liquide doré, mais il est temps de lui donner un vrai remède, qui s'attaquera à la cause de son mal.

— Il dort, a repris Clément. Ne vaut-il pas mieux le laisser se reposer?

— Il dormira mieux après », a répliqué l'autre en tentant de le contourner. Le jardinier était aussi immobile qu'une pierre.

« Ah çà! me laisserez-vous faire! a fini par s'exclamer Gontier, hors de lui, et le chat lui a répondu par une sorte de crachement.

— Je crains bien que non », a reparti calmement le frère Clément.

J'ai souri. Le frère Gontier a tapé du pied, tempêté, promis d'informer Robert de ce manque de respect, et il a fini par s'en aller avec à la main son bol vide et son couteau propre. Casimir continuait de dormir, respirant à petits coups brusques. Il s'était défait de la peau de mouton qu'on avait étendue sur lui. Je l'ai remontée sur sa poitrine qui s'élevait et s'abaissait au rythme de son souffle haché.

Le frère Clément est parti après m'avoir serré le bras, comme s'il me confiait notre petit malade. Le chat s'est recouché en boule aux pieds de l'enfant. Je me suis assis à ses côtés sur la pierre froide et j'ai pris par terre une poignée de brins échappés de sa paillasse, les ai retournés entre mes doigts avant de commencer à les tresser. Tout ce temps, je ne quittais pas des yeux le fin visage. On voyait les prunelles errer de droite à gauche sous les fragiles paupières. L'enfant rêvait comme un petit chien, avec des tressaillements et des mouvements saccadés.

J'ai courbé et lissé la paille entre mes paumes, l'ai nouée, j'ai natté les brins rebelles, serré les tiges jusqu'à donner forme à un oiseau doré, aux ailes piquantes, que j'ai déposé près de la tête de l'enfant, entre son cou et sa joue. Cette présence a semblé l'apaiser, son souffle s'est ralenti, ses inspirations sont devenues plus profondes.

Il rêvait toujours, mais en songe il s'était envolé.

—◦—

Un matin, il a ouvert les yeux et vu ce qui l'entourait. Le lendemain, il mangeait tout seul. Le surlendemain, il voulait se lever.

Ce matin-là, pour la première fois depuis la mort d'Anna, j'ai pris dans ma main un morceau de fusain. Entre mes doigts, le bâtonnet qui avait déjà été un jeune saule était maintenant léger comme une plume. On distinguait, au centre, les premiers cercles de croissance de l'arbre, plus foncés. Même le noir a son noir.

Me laissant guider par ma main, j'ai esquissé les toits d'ardoise des maisons que l'on voyait depuis la cellule où reposait le petit. Je les faisais sombres ou pâles en appuyant plus ou moins sur la pointe, estompant du pouce les arêtes trop dures. Je ne pensais pas à ce que je faisais, mes doigts savaient leur ouvrage. L'enfant suivait mes gestes, intrigué. Ses yeux allaient des pignons d'ardoise à la feuille de papier comme pour vérifier qu'il ne se trompait pas. Et puis quand il a vu apparaître le contour de la maison du chevalier du Guesclin, en contrebas, il a éclaté de rire.

Ce n'était qu'une esquisse grossière à laquelle manquaient le temps et la couleur, mais l'enfant la contemplait déjà comme si elle tenait de la magie. Et puis j'ai dessiné une ardoise de forme un peu allongée, arrondie. J'y ai collé des ailes, une queue en éventail, un bec pointu. À une autre, j'ai donné des nageoires et une bouche lippue. Pour faire le portrait d'un poisson, commencer par dessiner un toit, puis un oiseau.

Les ardoises quittaient maintenant le toit des maisonnettes pour s'élancer comme des feux d'artifice vers le ciel ou plonger dans la baie. Dans les yeux de l'enfant brillait le reflet de ces créatures inventées pour lui. Anna avait raison quand elle s'obstinait à broder ses méduses et ses licornes. L'espace d'une seconde, je l'avais retrouvée, en même temps qu'une raison de faire : montrer ce qui n'existe pas. On ne donne jamais que ce qui nous manque.

Nous sommes restés penchés longtemps au-dessus du dessin. L'enfant contemplait la pierre changée en oiseau, je le regardais regarder. Des deux, c'était moi qui avais la meilleure part.

Ce vendredi 20 mars 2015, à la barre du jour, le Mont-Saint-Michel est redevenu une île. Sur les photos, on voit la digue qui s'interrompt, brusquement recouverte d'eau. De petites silhouettes y sont massées, attendant on ne sait quoi. Le phénomène est dû aux grandes marées, particulièrement fortes ce printemps. Les eaux se retireront au cours de la journée et puis, ce soir, l'ancien Mont-Tombe sera à nouveau rendu à la mer.

Je ne l'ai pas vu depuis plus de cinq ans. La dernière fois que nous sommes passés par la Normandie, je l'ai évité. Mes excuses n'étaient ni meilleures ni pires que celles invoquées la fois d'avant : ma fille et moi avions été malades ; j'étais épuisée ; nous étions pressés de rentrer à Paris. Depuis, j'ai l'impression de le chercher à tâtons dans les livres, sur le papier, dans mes souvenirs dont certains sont tellement lointains et tellement flous que je ne sais plus trop s'ils sont bien à moi.

Ce matin seulement je le retrouve. Il est debout au milieu de l'eau, au péril de la mer.

REMERCIEMENTS

Merci à Nadine Bismuth et à Éric Fontaine, qui ont lu une première version de ce manuscrit. Merci à Antoine Tanguay, qui en a fait un livre. Merci à François Ricard, sans qui ce livre aurait été tout autre.

Composition : Hugues Skene
Conception graphique : Antoine Tanguay et Hugues Skene (Kx3 Communication)

Éditions Alto
280, rue Saint-Joseph Est, bureau 1
Québec (Québec) G1K 3A9
editionsalto.com

ACHEVÉ D'IMPRIMER
CHEZ MARQUIS IMPRIMEUR
EN AOÛT 2015
POUR LE COMPTE DES ÉDITIONS ALTO

GARANT DES FORÊTS
INTACTES

L'impression de *Au péril de la mer* sur papier Rolland Enviro100 Édition
plutôt que sur du papier vierge a permis de sauver l'équivalent de 7 arbres,
d'économiser 23 807 litres d'eau et d'empêcher le rejet de 292 kilos
de déchets solides et de 957 kilos d'émissions atmosphériques.

EcoLogo   100 %   BIOGAZ

Dépôt légal, 3ᵉ trimestre 2015
Bibliothèque et Archives nationales du Québec